大崎 梢

配達あかずきん

成風堂書店事件メモ

東京創元社◎ミステリ・フロンティア

目次

配達あかずきん

――成風堂書店事件メモ――

パンダは囁く

駅ビルの六階にある本屋、成風堂《せいふうどう》のフロアで、杏子《きょうこ》は中年の女性客に呼び止められた。

「ねえ、あなた。ここの店員さんでしょ？」

杏子は仕事用の微笑《ほほえ》みを浮かべて、如才《じょさい》なく応じた。

「はい。何かお探しでしょうか」

「さっきからうろうろしてるんだけど、ほしい本がみつけられなくって」

「どのような本ですか」

女性客が考えこんだので、杏子は補充しようと思って抱えていた新刊本を、ひとまず手近なブックトラックに載せた。

「それが、タイトルも書いた人もわからないの」

「はあ……」

「でね、どういう内容かも、よくわからないのよね」

「え？」

思わず「それはないだろう」と言いたくなったが、お客さん相手にそんな口はきけない。代わりにため息まじりのお客さんをなだめるように、やわらかく相槌を打った。

「タイトルがおわかりにならないんですね」

「こんなに本があったら、探せやしないわ」

「出版社や著者はいかがでしょう」

　女性客は眉をひくりと動かし、首を横に振った。わかるわけないでしょ、とでも言いたげな表情だ。けれど手がかりが何もなくては検索機だって使えない。

「何かヒントはないですか？　どちらかで紹介記事を読まれたとか、評判をお聞きになったとか。そのご本は、お客様が興味を持たれて、お探しなんですよね？」

　杏子がたずねると、女性客は「そうよ」と答えながら心持ち胸を反《そ》らせた。読もうとしている本人がいてくれるのは、ずいぶん助かる。相手の反応を見ながら、本の傾向がなんとなくでも摑めるからだ。

「かわいそうな話なのよ」

　思い出したように女性客がつぶやいた。

「女の子がたくさん出てきて、みんなとっても貧しいの」

　まさにヒントだ。

「なかなか家には帰れないし、病気になったり、時には友達が死んでしまったり。ほんと、いたたまれないのよね」

「あの……それは、どなたかが書いた物語でしょうか。それともノンフィクション――じっさいにあった話の記録でしょうか」

「物語よ。でも、ほんとうにあった話をもとにしているの。環境のよくない、すごく悲惨な感じの工場で働いている子たちが主人公でね、昔の日本は、そういうのが珍しくなかったのよ。親を思い出して、煎餅布団《せんべいぶとん》の中で泣くなんて、今ではとても考えられないわよね」

　工場で働いていて、女の子ばかりで、悲惨な話――。

杏子は、ふと閃《ひらめ》いたままを口にした。

「ひょっとして『あゝ野麦峠《のむぎとうげ》』では？」

「あっ、それそれ。それだわ！」

女性客は満面の笑みを浮かべて、小躍りするように喜んだ。

「さすがね、やっぱり本屋さん」

ほっとすると同時に、杏子は身をちぢめた。女性客が大きな声を出したので、まわりの人たちが振り返ったのだ。

女性向けのブティックが主体の駅ビルなので、本屋の客層も女性が中心だが、時間帯によってはスーツ姿のビジネスマンも目立つ。仕事の途中に立ち寄るのか、仕事の合間の時間つぶしなのか、文庫コーナーにも雑誌コーナーにも、書類ケースを手にした男性客が立ち並んでいた。

その人たちが咎《とが》めだてするような視線をよこしたので、杏子は新刊本を載せたブックトラックに身を寄せて、女性客に小声で言った。

「『あゝ野麦峠』でしたら、今、棚を見てきますね」

「ああ、待って。その前にもうひとつ、お願いしたいわ」

「はい……」

「ええっとねえ、もう一冊は、いい年した男の人の話なのよ。今の世の中にいたらいいな、と言われている人なんですって」

またもや、とりとめのないヒントだ。

「今の世の中にいたら――ということは、もうお亡くなりになった方ですか？」

「そうよ。ずっと昔の人だもの。昭和じゃないのよ。明治かしら。それとも江戸時代？　ううん、安土桃山？　でなけりゃ……あら、その前の時代って何かしら。まあ要するに、それくらい大昔の人のことを、いろいろ書いた本なのよ」

大変アバウトな話だ。昭和からさかのぼって安土桃山まで。杏子の脳裏で日本史年表がめくられていく。

「物語の登場人物というより、どこかの時代に実在した人なんですね」

「ええ。やり手の政治家だったみたい。ほら、今の時代って、次から次にいろんなことが起きて、政策も何もあったもんじゃないでしょ。だから、『その人がいたらどういう政治をやったのか』とか、『改革とはどういうものなのか手本にすべきだ』なんて、言われているらしいの。私はそのとき初めて名前を聞いたけれど、有名な人らしいわよ」

「新聞やテレビ番組で紹介されていたのでしょうか」

「テレビ。テレビだったわ。居間にあるテレビでやっていたんだけれど、私はちょうどそのとき台所と居間と行ったり来たりしていたから、落ち着いて見ていられなかったのよ」

女性客にとって初めて聞く名前だが、その筋では有名な人。昔の政治家。本にもなっている人。テレビで取り上げられる人。

「もしかして――上杉鷹山《うえすぎようざん》？」

「あ、そう、そんな感じ！」

女性客がはしゃいでハンドバッグを振りまわしたので、あやうく杏子に当たりそうになった。身の危険や恥ずかしさはさておき、そこまで喜んでもらえれば店員冥利《みょうり》に尽きるというものだ。

『あゝ野麦峠』の方はあいにく在庫がなくて取り寄せになったが、『上杉鷹山』は棚にあり、女性客は上機嫌で帰っていった。

「さすがですねえ、杏子さん、いい勘してますよね」

ほっとしていると、バイトの多絵《たえ》が話しかけてきた。夕方前の比較的すいている時間だったので、漫画のビニールかけをしながらやりとりを聞いていたらしい。

今年二十四歳になる杏子は、短大時代のバイトも本屋、就職先も本屋。本にかこまれた仕事に携わり、かれこれ六年が経とうとしていた。三つ年下の多絵は法学部に通う女子大生で、成風堂に入ってからまだ半年余り。

「今のはまぐれよ。あんまり本を読まない私だから、かえってわかったんだと思う」

「読まないから？」

杏子の言葉に、多絵は不思議そうに聞き返した。

「どういうことです？」

「あのお客さんが興味を持つ本の範囲と、私がなんとなく聞きかじっていた話題とが合っていたのよ。本格的な読書家だと、データの量が多すぎて、頭に浮かぶ本の数も半端《はんぱ》じゃないでしょう」

「そういうもんですか。でも、勘っていうのはあると思いますよ。この前だって、『死んだ奥さんが現れる本で、あとからふたりは結婚した』なんて、とんでもないヒントだけで、ピタリと当てたじゃないですか」

「ああ、あれは……」

多絵が言うのは、『世界の中心で、愛をさけぶ』で火がついた純愛ブームを、さらに盛り上げた一冊、『いま、会いにゆきます』のことだ。映画化され、夫婦役で出演していた俳優がのちに実生活でも結婚に至った。

ワイドショーや雑誌でもたびたびクローズアップされたので、ふだんあまり本を読まない人たちが興味を持ち、問い合わせが相次いだのだ。

　こういう人たちはえてしてタイトルがうろ覚えで、ときに珍妙なことを口走る。『今からいきます』『会いたいです』『会いに来てください』『今、愛しています』……。

「あれなら誰でもわかるって」

「でもほら、『桜』だって当てたでしょう。『桜の季節』『桜が散るとき』『満開の桜』――こういうヒントでもって、正解が『葉桜の季節に君を想うということ』だなんて。私には神業《かみわざ》ですよ」

「そんな大げさな」

　無邪気に褒《ほ》めてくれる多絵をよそに、杏子の中には数々の外れがよぎった。

　ついこの前も、年輩の女性客に「電車の出てくる本」とたずねられ、店の端から端まで探しまわってしまった。お孫さんのために『機関車トーマス』なのか、映画化された伊集院静の『機関車先生』なのか、はたまたフェイントで白川道の『終着駅』なのか。

　まさか、杖とレースのハンカチをお持ちのご婦人が、『電車男』を読みたがっているとは、思いもしなかった。

　刺繍《ししゅう》の本を詩集と勘ちがいしたこともあるし、ツノカワ文庫が角川文庫だったこともあった。

「でもお客さんの言いたいことを、いくつかの言葉から推察するのって、やっぱりすごいと思いますよ。ほら、ヒロさんの『熊の小僧』もありますし」

　図書券の枚数チェックをしていたフリーターの吉川博美《よしかわひろみ》が、すぐに聞きつけ唇を尖らせた。

「また言ってる。多絵ちゃんの意地悪！」

「あ、ごめんなさい」

　博美はお客さんに本をたずねられたさい、「はい、岩波新書の『クマノコゾウ』ですね。こちらでございます」と意気揚々とご案内し、みつけられずに近くの社員に応援を求めて、結果的にお客さんを怒らせてしまった。

社員はてっきり岩波少年文庫の中にある『クマの小僧』という本だと思い（そんなのあるんだろうかと内心思いつつも）探したのだが、お客さんがほしかったのは岩波新書の『熊野古道』だった。

「くまのこどう」

「くまのこぞう」

ちがうだろう、ヒロちゃん——という、今ではすっかり飲み会ネタだ。


野麦峠で大当たりした数日後、杏子が作業台で出版案内の冊子をめくっていると、この前とは別のお客さんが声をかけてきた。

ポロシャツの上にラフなジャケットをはおった小柄な中年男だった。茶色のバッグを小脇にはさみ丸いお腹を突き出して、サラリーマンというより、商店街にある薬局や時計屋の店主が似合いそうな男性客だった。

「何かお探しでしょうか」

「たしか、あなただったよね？　この前、お客さんの探している本をうまく当てていたでしょ。それで、ちょっとお願いしたくてさ」

「この前……？」

「野麦峠と上杉鷹山だよ」

杏子は思い当たるなり、大急ぎで手を振った。

「あれはまぐれです。たまたまですよ。いつもは見当はずれが多くって」

「いやいや。お店の人はやっぱり専門家だよ。独特の勘があるんだと、すっかり感心した。ぼくもちょっと困っていることがあってさ。本を探してほしいというより、相談にのってもらいたいんだ。思いつくものがあったなら、なんでも聞かせてくれないだろうか」

「ご本をお探しなんですね？」

「そう。ちょっとたのまれた本でね」

男性客は苦笑を浮かべ、ジャケットのポケットから紙切れを取り出した。

「ぼくの家の近所に、独り暮らしのお年寄りがいるんだよ。奥さんに先立たれて、かれこれ五年になるかなあ。古くからのなじみだから、今でもときどき様子を見に顔を出している。でも……なんというか、この頃めっきり足腰が弱くなったみたいでさ。すっかり寝たきり状態なんだよ。ひとりでは外に出られないらしくて、この前のぞいたとき『なんでも差し入れしますよ』と声をかけたら、清水《しみず》さん――ああ、その爺さんね、本がいいって言うんだよ」

ほしがっている本人ではないというのはかなり厄介だ。つい先日も、「孫にたのまれた『スープ』という本」と切り出され、右往左往してしまった。結果的には若い女性向けのファッション雑誌だったのだが、「スープ」の一言ではどうしたって料理を想像してしまう。食べ物のスープもこのところ若い人に人気なのだ。

「清水さん、もともと大変な読書家だったから。具合が悪くなっても本への愛着はあるんだろうねえ」

「はあ」

「現役のときに勤めていたのは自動車関係の会社だったけれど、趣味の本好きが高じて、自宅に立派な書斎を増築したくらいなんだよ」

　そして読書家のご老人は、その男性客にたのみたい本をリクエストしたようなのだが、言葉が不自由で満足に聞き取れなかったというのだ。

「具合が悪くなってから姪御さんがお世話に来ているんだけど、その人も首をかしげるばかりでさ。息子さんがひとりいるんだよ。でも今は海外暮らしで、戻ってくるのは年に一回あればいい方だ。むずかしいもんだよねえ、遠方で仕事をしていると。ぼくも人のことは言えないな。なんのかんの言ったって、去年も今年も田舎に帰っていないから」

　杏子は曖昧に「はあ」とか「ええ」とか答え、いくらか困った表情を見せたが、男性客はかまわずしゃべり続ける。

「清水さんは元気で家事もこなして、これまでずっと独り暮らしを楽しんでいたんだよ。かれこれ八十歳に近いというのに、ぼくに向かって『お前はジジ臭い』なんて言ってさ。こっちがハッパをかけられるくらいだったのに、急に具合が悪くなったみたいで。少し……惚《ぼ》けの症状も出ているのかもしれない。それで息子さんが心配して、親戚の人にたのんだんだね。今、身のまわりを世話している姪御さんという人は、介護の心得もあるそうで、その点は近所の者としても安心だ。けれどその……不自由な言葉でリクエストした本については、ぼくも、ぼくの家族もまったくのお手上げだ」

　男性客はやっと杏子にメモ用紙を差し出したが、そのときわざわざ「気を悪くしないでね」とつけたした。

　その意味はすぐにわかった。

　メモにあった言葉は日本語になっていない。というか、そもそもこれはなんだろう。

あのじゅうさにーち　いいよんさんわん　ああさぶろうに

寝言よりひどい。

「どうやらこれで三冊の本を指しているらしいんだ。指を三本立てていたから」

「待ってください。たのまれたのは、ほんとうに書籍なんですか？」

「それはまちがいない。本だよ、本。三冊が無理なら、一冊でもいい。なんとかならないだろうか」

お客さんに懇願されてはあっさり放り出すわけにもいかず、杏子は真剣な顔で何度も読み返してみた。けれどいくら見たって、紙の上の文字が形を変えてくれるわけではない。見れば見るほど杏子の頭は傾いてしまう。

「そうですね……この方、ふだんはどんな本を読まれているんでしょうか」

「ああ、ヒントだね。強《し》いていえば、仕事柄、経済関係の本はたくさん読んでいたっけ。あとは歴史小説かな。司馬遼太郎や池波正太郎は特にご贔屓《ひいき》で、書斎の本棚に愛蔵版がずらりと並んでいたよ。他には、古典も好きだったようで、『平家物語』や『奥の細道』や『徒然草』なんかが置いてあったと思う。亡くなった奥さんは反対に翻訳物、ドストエフスキーやトルストイ、ヘッセあたりを読まれていた。シェークスピアはどうだったかな。コナン・ドイルやアガサ・クリスティもほとんど揃えていたはずだ。ぼくもちょくちょくお借りしたっけ」

杏子は困惑しながらも、ふと、子どもの頃遊びに行った親戚の家を思い出した。その家の「離れ」には、本がぎっしり詰まった書棚が並び、ドアを開けて一歩中に入るなり、子ども心にも圧倒された。五木寛之の『青春の門』の箱入りや、志賀直哉全集、太宰治全集、武者小路実篤、井伏鱒二、それこそ世界文学全集の堂々たる化粧箱シリーズもあった。

今や書斎は、主婦が家事専用の部屋を持つ以上にむずかしいらしい。常連客のサラリーマンがぼやいていたことがある。念願の一戸建てを建てることになり、設計図までたどりついたものの、憧れの書斎はあっという間につぶされ、その分ウッドデッキが出現したとか。奥さんや子どもたちにとっては、バーベキューのできるスペースの方がずっと魅力的らしい。

その人は、せいぜい木陰を作りレモネード片手にハードボイルドを読んでやる、と言っていたがどうしただろう。

紙の匂いの充満する静謐《せいひつ》な一室は杏子自身の夢でもある。セピア色の黄昏《たそがれ》が似合う場所で、時間を気にせずぼんやり過ごせたらどんなにいいだろうか。

「書斎なんて、聞くだけでうっとりです」

「ほんとうだよ」

「でもそうなると、読んでみたい本というのは、やっぱり重厚な感じの歴史小説でしょうか。でなければビジネス書、あるいは文豪の書かれた名作とか」

「だろうね、いきなり『蹴りたい背中』はないと思うよ」

男性客は自分で言った軽口に受けて、明るくほがらかに笑った。『蹴りたい背中』は、史上最年少の芥川賞受賞作品で、主人公と同年代である制服姿の高校生が今でもよく買っていく。言葉が不自由になってしまったお年寄りが好んで読む本とも思えないが、何事も先入観は禁物だ。『電車男』の前例があるだけに、杏子は男性客といっしょになって笑う気にはなれなかった。

「リクエストされたときにおっしゃった言葉ですが、『あのじゅうさにーち』というのは、ふつうに考えてありえませんよね。ということは、聞き取れなかったニュアンスも含めて考えるべきですよね？」

「うん。ひとつたのむよ。ぼくも一応、頑張ってみたけれど、なんにも浮かばないんだ」

杏子はあらためてメモをにらみつけた。

あの十三日……というのが、無理してこじつけたときの言葉だろうか。

十三となれば、十三日の金曜日くらいしか頭に浮かばない。キリストが処刑された不吉な日で、見舞いとしてリクエストする本にしては暗すぎると思う。

杏子が悩んでいると、『広辞苑』を三冊も抱えた店長が通りかかった。

「ああ、店長、『十三』がタイトルにつく本で、何か、思い当たるものはありますか?」

「十三なら、そうだな……『ゴルゴ13《サーティーン》』かな」

「ゴルゴ?」

眉をひくりと動かした杏子の横で、男性客は「それはいいなあ」とのんきに破顔した。

「『あの』と言ってるからには、有名なんだろうし。ともかく、『ゴルゴ13』の最新刊でも買っていくよ。一冊目はそれにして、いいよんさんわん、はどうだろう?」

ほんとうに大丈夫だろうか。

「聞きまちがいを考慮したとして、ふつうに考えると『いい予算案』ですよね」

「どんな予算案かな」

「ひょっとして三冊ではなく、三つの言葉を合わせて、一冊の本を指しているのかもしれませんよ。とらえ方によっては、いろいろ考えられますよね」

ぶつぶつ言いながら、杏子は「予算案」を棚上げし、残るひとつをみつめた。

ああさぶろうに
虚しい。

これを「ああ、三郎に」とする物哀しさで、杏子は思わず天をあおぎ、フロアの蛍光灯に目がくらんだ。

「悪いねえ。ほんとうに申し訳ない。こんなわけのわからない珍問につき合わせて。ちなみに『三郎』のつく本は、何があるだろうか」

「では、検索してみましょうか」

虚しさをこらえ、杏子はレジコーナーの端にあるノートパソコンの前に立った。問屋のデータと直結しているサイトにアクセスし、そこからキーワードで検索をかける。タイトル、著者名、出版社名などの情報を所定枠の中に打ちこんで実行キーを押すと、それに該当する本がディスプレイ画面に並ぶのだ。情報の切れ端からでも探すことは可能だが、いろいろ揃っていればより早く絞りこむことができる。

「出版社はわかりますか？」

聞いても無駄だと思ったが、杏子は一応形式通りに問いかけた。

お腹のぷっくりした男性客は、丸い顔をぎゅっとしかめ、妙に弁解するような口調で言った。

「それはちゃんと聞いたよ。うん、ちゃんと聞いたんだ」

「どこですか」

「それが……ねえ、なんというか」

「聞き取れなかったのですか」

「いや、そうじゃない。はっきり聞き取れた。言葉としてわかったつもりだ。でも、その、なんというか、わからない。意味がね。さびしいよ。清水さん、ほんとうに惚けちまったんだろうか。元気でしっかりした、古武士みたいな人だったのに」

男性客の薄くなった頭髪が、ため息といっしょに揺れた。

「その方は、なんとおっしゃったんですか?」

「一言だ。出版社はどこですかって聞いたら、『パンダ』って」

「は?」

聞きまちがいかと思い、杏子は出版社の名前だと念を押したが、返事は同じだった。

「パ・ン・ダ。言葉通りに受け取ると、『パンダ出版社』だね」


その日、閉店前の店頭整理をしながら、杏子は待ちきれずにバイトの多絵を捉《つか》まえた。男性客が現れてメモを見せられたのは昼過ぎで、多絵はそのときまだ店にいなかったのだ。

レジペーパーの交換にももたつく不器用な女子大生ではあるが、多絵はパズルめいた分野での勘が鋭く、発想力も豊かで機転も利く。このごろでは、難問・珍問に出くわすたびに頼りにしてしまう、杏子の良き相棒だ。

「そんなことがあったんですか。店長、そこで『ゴルゴ』とは。ナイスですよね」

「笑い事じゃないのよ。結局わからずじまいで、お客さんに申し訳ないことしちゃった。『ゴルゴ』と経済書をお買い求めになったけれど、ぜったい外れてると思う」

「元気出してください。まだわからないとは決まっていませんよ」

「だといいけど」

杏子は気を取り直し、雑誌の棚に手を伸ばした。翌日に発売する予定の週刊誌、あるいは月刊誌の前号を引き抜くのだ。古い本を残しておくと、新しい本とまちがえて購入してしまう人がいる。中には「前の号がほしい」というお客さんもいるが、「まぎらわしいものを置くな」というクレーム対策が優先する。

「その意味不明な文字の羅列って、具体的にはどういうのなんですか？」

「多絵ちゃん、よく聞いてくれたね」

「そりゃ、私だって気になりますもん」

「もちろん見せるわよ。見せるから、謎を解いてね」

杏子はすかさず制服のポケットから紙切れを取り出し、多絵の手に押しつけた。文字の位置にも行間にも注意して、そっくり写したメモ書きだった。

杏子にとってはため息を誘う呪文のような言葉だが、多絵はおもしろおかしそうに表情を動かした。「これはひどすぎる」「ここまでひどいんですか」と、いきなり匙《さじ》を投げないだけでもたのもしい。

「それでね、出版社はパンダなんだって」

「え？」

「リクエストされた本の出版社を聞いたら、そのお爺さん、『パンダ』って答えたらしい。言葉としては一番はっきり聞き取れたけど、よけいにお手上げだって、そのお客さんもすっかり頭を抱えていたよ」

「パンダって言えば……」

「そう、あれだよね」

杏子が肩をすくめると、多絵もうなずき、ふたりして顔を見合わせて笑った。

男性客は「パンダ」と口にしながら情けない顔になるばかりだったが、杏子はすぐにひとつの出版社を思い浮かべた。書店員にとってのそれは、今どき上野動物園にいる中国四千年の歴史ではない。「YONDA?」というキャッチフレーズで派手にプロモーション展開する新潮社の顔なのだ。スタート時からパンダをトレードマークに使い、ポスターや栞《しおり》、本に巻く帯、キャラクターグッズなど、積極的に起用している。

けれど言葉にも不自由するお年寄りが、そこだけ冗談を言うだろうか。

本気だとしたら「パンダ出版社」になってしまう。

壁にでかでかと貼られたパンダのポスターを杏子が眺めていると、頭上にあるスピーカーから、閉店を知らせる音楽と案内嬢のなめらかなアナウンスが流れてきた。今日のレジ締めは福沢《ふくざわ》という社員が担当している。杏子は多絵と共に店頭整理を続け、返本をまとめてカートに載せた。作業台まで押していき、台の上の本を片づけ、児童書のコーナーにまわる。乱れた本を整え、落ちているゴミを拾った。

多絵もいっしょについてきて、近くの漫画の整理を始めた。

「パンダが気になりますね」

「うん。でもまさか、ほんとうに新潮社を指しているわけじゃないよね。寝たきりのご老人が、近所の人にたのむのに、わざわざまわりくどい言い方するなんておかしいもん。本を読み慣れている人なら、一冊の本の特定がいかにむずかしいかも知ってるだろうし」

「そういうもんですか」

「めったに本屋に来ない人ほど、曖昧なタイトルでなんとかなると思っているのよ」

どんな本でも、店員がさらりと出してくれると誤解している。そういう人に限って「正確なタイトルでないとわかりかねます」「その出版社の本はあいにく置いておりません」、などと告げたとたん、大げさにのけぞり「どうして！」と騒ぎだす。

現在、日本国内にある出版社の数は、大小合わせると四千を超える。一年間に出版される本は、新刊だけでも七万点以上と言われている。主《おも》だった出版社の売れ筋を置くだけで、市中の本屋の棚はいっぱいなのだ。

したがって、すべての書籍を店員が把握できるわけもなく、店に常備できる本もごく限られたものとなる。

「清水さんっていうそのご老人、趣味が高じて書斎まで増築したらしいの。だとすると、本に対してかなりこだわりがあるようにも思えるのよね」

「こだわり、ですか」

「たとえば池波正太郎の本ひとつにしても、どの出版社のどんな判型がいいのか、いろいろうるさかったんじゃないかな。紙質だの、活字の大きさや形だの、装幀だの。ちゃんと好みがあって、気に入ったものだけを購入し、ゆっくり悦に入ってたような気がするの」

「杏子さんみたいですね」

さらりと言われ、杏子は笑いながら片手を振った。

「私なんかてんで凡人よ」

「でも、人から借りてもう読み終わった本でも、あとからわざわざ買うことがあるじゃないですか。それもすっごく嬉しそうに。ふつうは読んじゃった本って、買いませんよ」

「良かったものは何度でも読み返したいのよ。自分の家の棚に置いておけば、好きなときに手に取れるでしょ。そう思うだけで気持ちが落ち着くの」

多絵は「充分変わっている」と言いたげだ。

「私くらいじゃ、まだまだなのよ」

多絵に限らずときどき誤解されるのだが、杏子は特別な読書家というわけではない。活字中毒にも当てはまらない。読むスピードは遅く、勝手気ままに雑多なジャンルに手を出し、読了するのは月に五冊がいいところだ。強いて言えば本に関する好奇心は強く、書評や広告、作家のインタビュー記事は熟読し、一旦目を通したものはよく憶えているが。

「私の友達は、好きな作家の本をハードカバーで買ってサイン会でサインをもらい、しばらく経って文庫になってから、その文庫を二冊買うの」

「全部で三冊？」

「そうよ。ハードカバーはもちろん大事に愛蔵するとして、文庫二冊のうち一冊は、持ち歩いて再読するため。もう一冊は知り合いにすすめるため。布教用って言ってたよ。私はそれで法月綸太郎も有栖川有栖も読ませられたんだもん」

履歴書の趣味欄に「読書」と書く人は多いが、本格的に趣味にしている人間は買いっぷりも読みっぷりも徹底している。

「本好きも奥が深いんですね」

「そうそう」

「こだわりがたくさんあるのなら、問題のご老人も、お元気な頃は本屋によくいらしていたでしょうね。そして私たちについても、いろいろ知っていたりして」

「私たちって？」

「書店員ですよ。この不可解な文字の羅列にもこっちを意識した上での、れっきとした意味があったりすると——楽しくないですか？」

多絵の含み笑いに誘われ、杏子は紙切れをのぞきこんだ。

「どう見たって、ただの寝言にしか思えないけど」

「だから、暗号っぽくていいんじゃないですか」

多絵はにわかに声を落として囁いたが、聞いた方の杏子はついはしゃいでしまった。

「暗号か。それ、いい！　多絵ちゃん。暗号でいこう」

「杏子さんってば、いくもいかないもないですよ」

「だって私にとっては、すでに立派な暗号だもん。暗号ってことは、解読が可能ってことでしょ。どうするの？　キーボードに置き換えるとか、数字に変えるとか、間に何か一文字入れるとか、一文字減らすとか。逆に読んでみる……。ああ、シャッフルだ！　シャッフルがいいよ。やってみようか」

杏子は多絵に手渡したメモを取り上げようとしたが、そこにレジから声がかかった。クレジット伝票の合計が合わないというのだ。同僚である福沢が「すみません」という顔で片手を上げた。

仕方なく杏子はレジに向かったが、多絵はすっと逆の方に歩き始めた。真剣に紙切れをのぞきこみ、コミックの棚を通り越して、学習参考書の角を曲がり、パソコン実用書を無視してずんずん進んでいく。

どこに行くんだろう。

気になったけれど、額に汗している福沢に「どうしましたか」と声をかける。

杏子の働いている本屋は駅ビル内のテナントなので、その日の売り上げを所定の用紙に記入し、駅ビル全体を統括している事務所に届け出なくてはならない。現金は翌日分の釣り銭を別に取り分けたあと、夜間金庫に収納する。

何度計算しても合わないと騒いでいたクレジット金額は、幸いとなりのレジ分が誤って入ってしまったという初歩的なミスだった。計算し直すと、今度はレジ上の売り上げ金額とじっさいにある現金との間に、二百円の誤差が生じた。もともと過不足があったので、レジ締めをしていた福沢もクレジット伝票の入れまちがいに気づくのが遅れたのだ。

過不足はまずいがクレジットの問題は解決したので、杏子はとりあえず少しほっとして顔を上げた。するといつの間にか、多絵がネットかけの作業に入っていた。

「さっきはどこに行ってたの？　ねえ、何かヒントはみつかった？」

レジから離れて多絵の作業を手伝いながら、杏子は急いで問いかけた。けれど多絵は冴えない表情でぼんやりしている。ついさっきまで謎のメモを片手にやる気満々でいたのに。

「何かあったの？」

「ああ、杏子さん……」

「もう、『ああ』じゃなくて」

「杏子さん、本をたのんだ人って、独り暮らしのお爺さんと言ってましたよね」

「そうだよ。でも具合が悪くなってからは、親戚の姪御さん……だったっけな、介護の心得のある人が世話をしに来ているそうよ。だから今はひとりじゃないはず」

多絵はゆっくり、何かを確認するようにうなずく。

「たのまれた本というのは、三冊でしたね」

店に来たお客さんは、老人が三本の指を立てたように言っていた。けれどそれが何を表しているのかは、まだはっきりしていない。

「さあねえ、ひょっとして『全三巻』というのも考えられるかもよ。上巻、中巻、下巻でひとつになった小説。あるいは何かのシリーズの三巻目とか」

杏子は早く暗号の話に入りたくて、もたもたしている多絵をよそにきっちりネットを整えた。タイムカードを押してロッカールームに引き上げれば、もっと堂々と謎解きに没頭できるのだ。ところが肝心の多絵はのろのろとフロアを横切り、浮かない顔でため息までつく。急にどうしたのだろう。

じれったくなってその腕を掴もうとしたところ、背後から福沢に声をかけられた。

「杏子さん、どなたか具合でも悪いんですか？」

「具合？」

「いやさっき、介護がどうのこうのと、ちらりと聞こえたもので」

福沢はもう五十代半ばで、どこから見ても立派なおじさんだ。この不況で長年勤めていた会社をリストラされ、二年前に成風堂に入ってきた。ひとり娘が独立したあととあって、本屋の安月給でもかまわないらしい。初心に返り、まったく知らない業種で新人としてやっていきたいと申し出て、言葉通り、ずっと年下の杏子に対しても「先輩」として律儀に接している。

「それなら、お客さんの話なんです。寝たきりのお年寄りにたのまれた本のことで相談を受けたんですけど、肝心の本のタイトルがどうしてもわからなくて」

福沢がもっと聞きたそうな仕草をしたので、杏子はかいつまんで昼間の出来事を説明した。

「そりゃ気になりますね。動けない不自由な体で、楽しみに待っているんでしょうから」

「でもねえ、さっぱりわからないのよ。福沢さん、今言った三つの言葉から何か見当がつく？」

「いえ、まったく……。すみません」

「まるで暗号みたい？」

「まさに、そんな感じですね」

福沢はおもむろに腕を組みひとしきり唸《うな》ったが、寝言以下の言葉から何かをひねり出すのは誰にとっても難題だ。

「具合が悪いのなら、読んだことのない本より、再読したい本でしょうかね。思い出の一冊とか、なつかしい文献とか」

「もしも……よ、もしも福沢さんが自由に動けない体になってしまったら、どんな本がほしい？」

「私が、ですか」

福沢はことさらな本好きという人間ではない。リストラされ、次の仕事を探す途中にふらりと書店に立ち寄り、自己啓発のマニュアル本を棚から引き出そうとして、ハッとしたという。偶然だが、背表紙にあった著者名が自分と同姓同名だったのだ。

同じ名前をもつ者が本を出している、まったくちがうジャンルで認められ、活躍している——頑張っているんだなという素朴な感慨にかられる一方、忸怩《じくじ》たる思いもわき上がったそうだ。ひとつの会社で悪い結果が出たとしても、何もかも終わったわけじゃない、そう気づくそばから、「心機一転」という言葉が浮かんだ。

それがきっかけとなり、今までの経歴にこだわらず、異なった職種に飛びこんでみる気になったとか。

「急に足腰が立たなくなったとしたら、そりゃ読書というより、それを治すための医学関係の本がほしいですね。今だといろいろ出ているじゃないですか。西洋医学についても、東洋医学についても」

「医学書？」

杏子は壁際の実用書の棚に目をやった。分厚い『家庭の医学』から食品成分表、薬マニュアル、各種疾病に対応した献立ブック、育児書、ダイエット本、数ヶ月ごとに変わっていく流行の健康法まで、あそこはいつもすし詰め状態だ。

「現実的ですね」

「当人にとっては現実問題ですよ。好きで家にいるなら別でしょうが、出たくても出られない、動けないとなったら、布団の中で四六時中そればっかりを考えるんじゃないですか。藁にもすがるという言葉があるでしょ。その通りに、朝から晩まで必死になると思うんですよね」

杏子は老人からのリクエストと聞き、病床での気晴らしに、何かしらの小説本をほしがっていると思いこんでいた。けれど気持ちを切り替えてくれる創作物語以外にも、実に多種多様な本が発行されている。特に現実に即したノウハウ本は、どのジャンルでも花盛りだ。

「私、そこまで考えていませんでした。福沢さんと同じようにそのご老人も、単純に好きな本をあげたとは限りませんね。不自由な体をなんとかしたいと思ったのかも。そのための有意義な、役に立つ本がほしかったとか……」

「いやいや、今、私が言ったのはほんの思いつきですよ」

「可能性としてはありますよ。ただそれだと、人にお願いするのはうんとむずかしい。どんな本がじっさいに出版されているのか、わかっていればいいんですけれど」

リハビリに関する本にしろ、介護にしろ、専門的な医学書にしろ、困っている自分に合った本、役に立つ本を、これといって限定するのは容易ではない。「こういう感じの本」というだけでは、たのまれた方も途方に暮れてしまう。

「たしかに。私が退職したときも、あちこちの本屋をさんざんうろつきました。職をなくしたサラリーマンの体験談や再就職に関する本がほしかったのですが、そうなってみて初めて、本屋にはたくさんのコーナーがあるのだと知りました。それまではネットビジネスや語学関係の本をちょろっとのぞく程度でしたから。でもいざ探してみると、どうもピンとこないんですよね。それっぽいタイトルの本をみつけても、なんだか微妙にちがう。かといって、どういう本を期待しているかとなるとこれまたあやふやで」

福沢は皺の刻まれた浅黒い頬をほころばせ、苦笑いを浮かべた。

「自分にぴったりの本を探し出すってのは、至難の業ですね。まず第一に、自分のことをよくわかってないし、果たして出版されているのかどうかもわからない。店頭に足を運んだ私でさえ迷うくらいですから、それができずに家で指定するとなると……。いや、私にはとても無理ですね」

杏子は大きくうなずいた。自宅にパソコンがあればインターネットで検索もできるだろうが、昼間に来店した男性客の口ぶりからすると、清水老人のまわりにはそういった設備はなさそうだ。それ以外に、自宅にいながら出版情報を入手する方法は何があるだろうか。

「だったら……福沢さん、こういうのはどうです？　ごく最近、紹介記事を新聞で見かけたとか」

「ああ、新聞。週刊誌でもいいですね。けど待ってください。それなら、記事そのものをたのみたい相手に見せるんじゃないかな」

「それもそうですね」

リクエストする方も買い求める方も、活字になった情報があればうんと楽なのだ。

「新聞や雑誌でないとすると……印刷された紙の情報源ではなく……」

それでいて、ごくふつうに家庭にあるもの。

「テレビ！　あの寝言みたいな言葉は、テレビ番組を指していたとか」

杏子の思いつきに、福沢は目を輝かせ、「なるほど」と明るく応じた。テレビで見かけた本ならば、はっきり提示するすべがない。

『『いいよんさんわん』でしたっけ、つまり、予算委員会の国会中継のあとにやっていた番組を、指していたのかもしれませんね」

福沢はなぞなぞを解く子どものような顔で言い、杏子は拍手のポーズをとった。

「いい、それ。おもしろい、福沢さん」

「いや、おもしろがってもらっても……」

『『あさぶろうに』でしょ、これはその番組の司会者が、ナントカ三郎って人だったの」

「とすると、『あのじゅうさにーち』は、十三日の放映を意味しているのか、あるいは十三時、午後一時からの番組を言いたかったのか」

「うんうん。だんだんわかってきた」

テレビやラジオで聞いたり見たりした本は、非常に問い合わせが多い。やけに同じ本の問い合わせがあるなと思っていると、番組の中で紹介されたというケースが多々あるのだ。出版社サイドもそれを見越し、事前に放映予定のファックスを流し、手回し良く注文数をたずねてくる場合がある。テレビ画面を印刷した特製の帯を巻いて入荷してくる本は、かなりいいポジションに陳列される。テレビの宣伝効果は桁はずれだ。

「でもそうだとすると、パンダってどういう意味なの」

「パンダ?」

「清水さんって人は出版社をたずねられ、そう答えたらしいんですよ」

「聞きまちがいじゃないですか」

テレビやラジオからの情報と仮定すると、耳にしたときから誤解が生じていたのかもしれない。

あの男性客がはっきり「パンダ」と聞き取ったとしても、すでに誤った情報である可能性が高い。『パンダ』に似た響きの出版社か、マークがパンダに見えたのか、そのあたりかなあ。ねえ、多絵ちゃん。さっきから黙っているけれど、多絵ちゃんはどう思う？」

杏子が傍《かたわ》らに視線を向けると、多絵は相変わらず沈んだ表情で考えこんでいた。片手を口元にあてがい、眉根をきゅっと寄せている。

「どうしたのよ、ねえってば」

「あ……はい」

自分をじっと見入る杏子と福沢の視線に気づき、困ったように肩をすくめた。

「今話していた福沢さんと私の推理、聞いていた？　あの言葉は、テレビ番組を意味していたんじゃないかっていうの。けっこうおもしろいと思わない？」

「そうですね……」

「問題はどの番組か、ということなのよ。それがわかれば本のタイトルも調べようがあるでしょ」

「ええ」

「最近、話題になった寝たきり老人に関係ある本って、何かあったっけ。テレビやラジオで取り上げたとなると、絞れるかもしれないよね」

勢いこむ杏子とは裏腹に多絵は返事はするものの、どこか上の空で心ここにあらずといった雰囲気だ。

「多絵ちゃん、他に何か考えているの？」

小さな頭がかすかにコクンと動く。

「さっき、気づいたことがあって……」

杏子と福沢は互いに顔を見合わせた。

「何に気づいたの？」

「まだはっきりとはわかりません。いくつかたしかめないと」

「ねえねえ、まさか、まだ本のタイトルはわかっていないよね？」

多絵はとても利発で勘のいい子だ。些細な点に注目しつつ、複雑に絡み合った枝葉の中から的確に本筋を見抜いていく。これが自分だと、大事なヒントを見過ごした上に、枝葉の中のごく一部分にばかりこだわり、だんだん支離滅裂になる。何をやっているのか、本人にもわからなくなる。杏子は自分のことをそんなふうに思いながら、もう一度多絵に問いかけた。

「どうなの、多絵ちゃん。清水さんの読みたい本の手がかり、具体的に摑めたの？」

「たぶん合ってると思うんですけれど。でも、もう少し時間をください。昼間みえたそのお客さんが次に来店されたさい、私を呼んでくれますか。ひとつふたつたずねたら、はっきりすると思います」

「そりゃいいけど……」

ふたりのやりとりを聞いていた福沢が口をはさんだ。

「多絵ちゃん、予算案や三郎がどうのという、あの暗号が解けたの？」

「あれは暗号ではないですよ。私の考えが合っているのならとても簡単なことです。本屋ならば誰もが、ああそうかと笑っちゃうような話です」

杏子はすかさず不満げな声をあげた。

「えー暗号がいいよ、暗号が。シャッフルしたり、アルファベットに置き換えたり、一字とばしに読んだりするの」

「いや、さっきの我々の推理だって、ちっとも暗号解きはしてませんよ」と、福沢。

「私たちはいいんです。でも多絵ちゃんが解いてくれるなら、暗号がいいな。あっと驚く特別の方法で、あれにこめられた謎を解いてほしいの」

非常灯だけになったフロアに、近隣の店からもがやがやと店員たちが出てきた。今頃になって、新譜ＣＤの立体ポスターを飾り付けする人もいる。杏子はなおも「何かの頭文字」「逆さ読み」などと騒ぎながら、同僚たちと連れだって、いつもと同じようにロッカールームに引き上げた。


寝言もどきを押しつけた男性客は、その翌々日、夕方前に来店し、挨拶と共に自分の名前を名乗った。

「西岡《にしおか》と言います。先だってはほんとうにお世話になりました」

妙にあらたまった言葉遣いと弱り切った表情が、『ゴルゴ13』と経済書の失敗を物語っていた。杏子は手にしていた料理書をすばやく片づけ、見立てちがいについて謝罪した。西岡は手ぶらで来店している。誤って買ってしまった見当ちがいの本を、突っ返すつもりはないらしい。それだけでも充分良心的に思えた。

「お役に立てず、申し訳ありませんでした」

「いやいや、こちらが無理にたのんだんだから。店員さんは何も悪くないよ。話を聞いてもらえただけでもありがたかった。今日は純粋に、お礼だけを言うつもりで来たんだけどね」

「どうかしました？」

「それが……ここに来る前にやっぱり気になって、清水さんのところに寄ってみたんだよ。そしたら――」

西岡は冴えない顔で言葉をにごし、落ち着かない様子で頭を掻いた。

「またわけのわからない言葉で、もう一冊たのむと言われてしまった。いや、ぼくだって断ろうとしたよ。どうせ聞いたって、肝心の題名がわからないんだ。安請け合いはしたくないじゃないか。でもその、なんていうか、清水さん、やけに真剣なんだよ。ぼくの腕をこう……ぎゅっと摑んでさ」

西岡はそのときのやりとりを思い出したのか、大きく息をついた。

「どこからあんな力が出てくるんだろう。とても惚けた人とは思えない。じっとみつめてくる目になんとも言えない迫力があって、逃げ腰のぼくなんか、叱咤《しった》され、蹴飛ばされ、やり直しを命じられた気分だよ。向こうの方が何倍も真剣で、指先ひとつにまで、強い思いがこもっている感じなんだ」

自分の体を治そうと、必死にもがいているのかもしれない。杏子は福沢とのやりとりを思い出し、あの言葉を寝言と茶化した自分が恥ずかしくなった。動きたくても動けず、ベッドに一日縛り付けられている人間にしてみれば、一冊の本とはいえ死活問題なのかもしれない。

「なんとかして差し上げたいですね」

ともかく今は、リクエストされている本を用意するのが一番だろう。

「そう言ってもらえると嬉しいよ。たのむばかりで恐縮だけど、もう一度、いっしょに考えてもらえるかな。清水さんが今日リクエストしたのは、この前とはちがう本なんだ」

杏子は「待ってました」とばかりに、多絵を呼び寄せた。

「うちのバイトで、こういうのに強い子がいるんですよ。この前よりは、なんとかなると思いますから」

「そりゃいいね。ぜひともよろしくたのむよ」

杏子が多絵を紹介すると、西岡はにこやかに会釈《えしゃく》し、この前と同じように紙切れを差し出した。

「今度はこれなんだ」

　や・に・に・ま・る
「一音ずつ、区切るように言ってた。だから聞きまちがいはないはずだ」

杏子にとっては前回同様、意味不明な文字の寄せ集めにすぎない。けれど多絵は興味深そうな目で西岡にたずねた。

「出版社はどこでしょう。また『パンダ』とおっしゃっていましたか？」

「ああ、パンダだ。どうしてもパンダらしい」

多絵は少し考えこみ、今まで立ち話をしていた児童書コーナーの前から、この前の夜と同じようにすたすた歩きだした。参考書の詰まった棚の角を曲がり、パソコン書コーナーを通り越すと、とある棚の前で立ち止まった。そして真剣な表情で並んだ本の背表紙をたどり、にわかに「これだ」と声をあげた。

「わかったの、多絵ちゃん」

「たぶんそうだと思います。でも、だとすると、ちょっとまずいかもしれません」

「まずいって？」

「つまりですね……」

多絵は言いよどみ再び棚の本を細い指先で順番になぞり、たった今、自分が指し示した本とは別の一冊を引き抜いた。そのタイトルをじっとみつめ、意を決するような厳しさで西岡に向き直った。

「すみませんが、今すぐこの本を、その方に持っていってもらえませんか」

「これを、今すぐ？」

「お願いします」

「そりゃいいけれど、清水さんのほしがっていた本はこれなのかい？」

西岡は訝《いぶか》しそうに眉を寄せた。

「ちがいます。でも一刻も早く、伝言といっしょに渡してください」

「伝言――」

「こう言ってください。『おのぞみはこれですか。そう、本屋の子が聞いていた』と」

「……？」

いきなりの展開に面食らう西岡に対して、多絵はかまわずくり返した。

「『おのぞみはこれですか。そう、本屋の子が聞いていた』。これと同じセリフを必ず添えてほしいんです。今、レジでカバーをかけますから、カバーをしたまま手渡してください」

「よくわからないけれど、いいよ、これからすぐに行こう。結果を知らせた方がよさそうだね」

西岡はあたふたとバッグから財布を取り出し、レジに向かう多絵を追いかけた。杏子もついていく。

「お願いします」

「家は近所だから、六時頃には戻ってこられると思う。君たち、その頃までいるかい？」

杏子はうなずき、多絵はさらに念を押した。

「さっきのセリフは憶えましたか」

「ばっちりだ。まかせてくれ」

「くれぐれも、さりげなく。今までと同じに、買い物のついでのような感じで立ち寄ってくださいね」

「大丈夫、こう見えてもぼくは塾講師だ。トークは慣れている。さりげないのも、はったりっぽいのも自由自在だ」

「先生なんですか」

「学校の先生とちがってね、塾の指導員はけっこう芝居っけが必要なんだよ」

西岡はカバーのかかった問題の一冊を受け取ると、使命をおびた調査官のようなきりりとした面もちでフロアを横切っていった。

何がどうしたのか、杏子にはさっぱりわからない。でも敢えて聞くのはやめにした。すべては西岡が戻ってきてからにしよう。

事情を知っている福沢がしきりにこっちを気にしているので、杏子は今のやりとりを手短に説明した。そして気持ちを切り替えて、いつもの仕事に戻る。お客さんからの問い合わせに応じ、平台の配置換えを進め、電話に出て、プレゼント包装をこなした。ストッカーからコミックの欠本を補充し、余分な本を抜き、届いたファックスに目を通す。

謎解きの時間は、それからわずか二時間後にめぐってきた。

いくぶん強《こわ》ばった表情で西岡が舞い戻り、開口一番、こう言ったのだ。

「あの本でいいそうだ。『これをのぞんでいた』と、清水さんはたしかにぼくに言ったよ」

多絵はそれを聞き、喜ぶどころか顔色を変え、杏子を振り返った。

「どういうことなの？　多絵ちゃん、きちんと説明してよ」

夕方のフロアは本を選ぶ人や立ち読み客でざわついていたので、三人はさっき多絵が立ち止まった棚の前に移動した。

「あの暗号みたいな言葉はなんだったの？」

「杏子さん、そして西岡さん、私がひょっとしてと思った最大のヒントは、あのパンダなんですよ」

壁に掲げられた「YONDA？」の大きなポスターを多絵は指し示した。西岡は不思議そうに目を細める。

「あれは……なんのポスターだい？」

「新潮――いえ、正確に言うと、新潮文庫のポスターです。パンダはオリジナルキャラクターとしてけっこう有名なんですよ。おとといの晩、私は杏子さんの話を聞いて、この文庫の棚の前に来ました。そして、清水さんという方がおっしゃった言葉のメモと、棚の本を見比べました。すると、ほら、符合するものがちゃんとあるんです」

おととい杏子が渡したメモ用紙を、今度は多絵が差し出した。西岡もいっしょになってその紙をのぞきこむ。

「あのじゅうさにーち　いいよんさんわん　ああさぶろうに」

何度見ても呪文のような言葉だ。

「わからないよ、多絵ちゃん。符合って何が？」

「よく見てください。これですよ」

多絵はそう言って、棚にずらりと並んだ背表紙の一部分を指さした。

思わず身を乗り出し、杏子はそこを目でたしかめるなり「あっ」と声をあげた。

「これなの？」

「はい」

「そうか。そうだったのか」

西岡はまだわからず、おろおろしている。

「なんのことだよ。ちっともわからないよ。なあ、ちゃんと説明してくれってば」

「文庫にはこうやって一冊ずつ、判別しやすいように数字や文字が振ってあるんですよ。清水さんのおっしゃった中に『ああさぶろうに』というのがありましたね。それはつまり『あ』の『さぶろうに』で、『三、六、二』を表しているんじゃないかと、私は思ったわけです。『あ』の三十六番目は新潮文庫において綾辻行人を指します。で、その二番目の本となると『殺人鬼』」

大きく目を見開き、西岡は棚に向かって低く唸った。

「なるほど」

「ただですね、他のふたつについては成風堂にはなくて……。ちょっと待ってくださいね」

多絵はそう言って事務所に走り、小さな紙袋を手に戻ってきた。中から文庫本を二冊出す。

「よその本屋もあたりましたがみつけられなくてあきらめていたところ、古本屋さんにあったんですよ。今はもう絶版になってるみたいです」

みんなに見えるように、多恵は表紙ではなく、背表紙を向けた。

「『あのじゅうさにーち』は、『あ』の十三の二十一。『にーち』は『二』と『一』に解釈しました。それで、赤川次郎の二十一番目、『透明な檻』」

「もう一冊は？」

「『いいよんさんわん』。これが一番むずかしかった。いろいろひねくりまわしましたが……そう、まちがいないと思いますよ。『い』の四十三の一。井上夢人の『ダレカガナカニイル…』」

感心するばかりの西岡をよそに、杏子は力いっぱい多絵の名推理を褒め称えた。

「おもしろい、多絵ちゃん。すごくいいよ。暗号というより、ずばり記号を指していたんだね。ぜんぜん気づかなかった」

いつの間にかそばにやってきた福沢も、説明を聞いていたらしく興奮気味で、杏子と共に拍手をしそうな勢いだ。けれども肝心の多絵は、相変わらず硬い表情を崩さない。レシートのはさまった二冊を、袋ごと西岡に手渡した。

「ありがとう。いや、ほんと、助かったよ。これは買ってくれたんだね。もちろん代金はお支払いするよ。それにしても肩の荷がどっと下りた気分だ。あの言葉がちゃんと理解できるなんて思ってもみなかった。すばらしい推理だよ」

「よかったですね、西岡さん」

杏子が声をかけると、西岡は嬉しそうに破顔した。

ここに三冊、「おそらく」という予測ながらも、老人のリクエストした本が揃ったのだ。それにしてもわかりにくい注文の仕方ではないか。思わず杏子がそう口にすると、待っていたかのように多絵が顔を向けた。

「私も初めはわかりませんでした。第一、その本はご老人が病床で読むにふさわしい本とは思えません」

「そうだねえ。もともと文庫自体、文字が小さくて読みにくいし」

年輩客の中には値段がはっても文字が大きく、行間の開いたハードカバーを購入する人が多い。

「悩んでいると、杏子さんと福沢さんが興味深いことを言ったんですよ。私としてはあれが重要なヒントになりました」

「なんか言ったっけ」

「おととい杏子さんは『好きな本をリクエストするとは限らない』って。福沢さんは『なんとかしようと、四六時中、必死に考えるはずだ』と」

それがどうしたと、杏子も福沢も困惑する。

「えっとですね……つまり」

多絵は自分の感情を抑えるように胸に手を当てて、杏子、福沢、西岡の三人を見比べた。

「まずはパンダがヒントです。出版社と聞かれ、そこだけはっきり発音したのは、意味のわからない人が多いからだと思います。でも本屋の人間にとっては、なじみのあるトレードマークです。さっきの整理番号にしても、西岡さんがまったく気づかなかったように、よっぽどの読書人でなければ意識もしていません。もちろん詳しい方はいますよ。番号がでたらめに並んでいると、気になって直すお客さんもいるくらいですから。でも一般の人にはわかりにくい。わざわざわかりにくい暗号めいた言い方をして、書名をにごすというのは、単なる遊び心か……でなければ」

多絵は言葉を切り、ひと呼吸置き、そして言った。

「清水さんは書名を隠したかったのかもしれない。自分のまわりの人に知られることなく、ある特定の誰かにわかってほしいと思った。これらの本がほんとうに読みたかったのかといえば、すごく疑わしいです。だって、一応、推理小説という共通項はありますが、傾向的にはばらばらですもん。けれども杏子さんが言ったように、好き嫌いではなく、別の目的があって選ばれたのかもしれない。福沢さんが言ったように、ベッドの中で必死に考え、何かしらのメッセージをこめたのかもしれない。いいですか、もう一度、タイトルを見てください」

『透明な檻』『ダレカガナカニイル…』『殺人鬼』

杏子はふと自分の体を抱くようにして両腕をさすった。一瞬だが、寒気が走ったのだ。

西岡も似たような、不気味そうな顔をしている。福沢は深刻に、食い入るように書名をみつめている。

「清水さんはたしかにこれらの本を指したのだと仮定します。ところがまったくちがう本を持っていったのですよね。『ゴルゴ13』と経済書でしたっけ。それに対し、さらにメッセージがあります。今日リクエストされた、『や・に・に・ま・る』」

「君の説でいうと、どの本になるのかな?」

くぐもった声で西岡が多絵に問いかけた。

「これです」

よどみなく多絵は、文庫を引き出した。「や」の二の二十。山本周五郎……。

『ひとごろし』

痛烈な一言に、今度こそ杏子は息を止めた。

まちがえたことに対する相手からの返答だとしたら、この上ないきつい言葉だ。

もう一度、タイトルを見比べる。

『透明な檻』『ダレカガナカニイル…』『殺人鬼』

これらのメッセージに気づかない書店員に、追加で届いた書名が『ひとごろし』。

では、老人のまわりには、「ひとごろし」と言いたくなるような、物騒な現実があるのだろうか。

「私はそこで、こちらからのメッセージとして、西岡さんに本を手渡してもらいました。『おのぞみはこれですか』と言い添えるよう、お願いして。そしたら……」

「ああ、清水さんはぼくの手を握らんばかりに喜んでいた。そして『その通りだ』と。『ずっと前からこれをのぞんでいた』と、はっきり言っていたよ」

多絵が選び、託した一冊。

先方が、飛びついた二百数十ページの本。

それは、新潮文庫、「よ」の五の二十四。

『脱出』——だった。


探索本の一件はここから急転直下、思いがけない大団円を迎えた。

姪というふれこみで老人宅に突然居座っていた女性は、わざと老人の足腰を痛めつけ、動けないようにしてから、家中の金品に手をつけていた。株券や証券をおさめた貸金庫の鍵も執拗に狙っていた。

もともとは、長年出入りしていたお手伝いさんが辞めたので、その代わりに派遣業者からまわされてきた人物だったが、老人が資産家であることに目をつけ、凶行に及んだのだ。

初めから金持ちで独り暮らしのお年寄りを探していたという説が、今のところ有力となっている。

しかも女には共犯の男がいた。ひと目でそれとわかる危ない筋の男が、ときおり家に入りこんでは囚われの老人を小突きまわし、金品をくすね、鍵を探すために家中ひっくり返していた。

気骨のある老人は、ショックのあまり惚けたふりを通しつつ、鍵のありかを明かさなかった。

それがせめてもの抵抗であり、時間稼ぎでもあった。脱出のための思い切った行動に出られなかったのは、アメリカにいる孫たちに危害を加えるとさんざん脅されたためだった。じっさい思うように身動きできず、電話のような外部への通信手段も取り上げられていた。

まさに透明な檻の中に、誰かがいて、それが殺人鬼であり、のぞみは脱出、という状況だったのだ。

本をたのまれた西岡は、多絵の厳しい顔つきを見た段階で胸騒ぎを覚えたという。

姪と名乗る女性の対応に不信感を募らせていたのだ。老人と自分をけっしてふたりきりにせず、いつも監視するようにぴったり張り付いていた。かまをかけて親族に関する質問をすると、曖昧なことしか言わない。そして不審な男が出入りしているとの噂もあった。

多絵の謎解きを聞いてからの彼の行動はすばやかった。

助っ人をかって出た福沢と共に、同じ町内にいる退職した元刑事の家まですっとんでいき、警察関係の介入を急いでもらう一方、秋祭実行委員会のメンバーに招集をかけた。彼らに張りこみやら連絡取りやらを依頼し、アメリカ在住の息子にも電話を入れ「姪」のことを確認した。案の定、該当する親族はいなかった。

犯人の男女はかくして町内をあげての捕物劇に抗しえず、その夜のうちに逮捕、連行された。

清水老人は無事救出された。幸い大きな外傷はなかったものの、大事をとって数日間入院することになった。

杏子と多絵のもとには、後日あらためて挨拶に参上する、との伝言と共に、清水老人より嬉しい差し入れがあった。クッキーやマドレーヌがぎっしり詰まった巨大な菓子箱だ。これには成風堂スタッフ一同、華やかな歓声をあげた。

「ひとつ、伺いたいんですけど」

お菓子を持ってきてくれた西岡に、多絵がたずねた。

「清水さんのお宅に、この冊子があったのでしょうか」

そう言って差し出したのは、パンダのマークが表紙を飾る新潮文庫目録だった。

「ご明察だ。犯人が逮捕されてから、清水さんのベッドサイドでみつけた。あとから聞いたら、これを見ながらリクエストする本を吟味したらしい」

「でもちょっと古かったようですね。たぶん、四、五年前のだと思います」

「そんなのまでわかっちゃうんだ。さすがだねえ」

照れたように多絵は肩をすくめ、レジに立っていた福沢は陽気な笑顔を投げてよこした。

「そうそう君たちに、もうひとつ、清水さんからプレゼントがあるんだよ。そのうち本人が顔を出すだろうけど、早く渡してほしいらしい」

一冊の本が西岡から差し出されると、かすかに目録のパンダが拗《す》ねた顔をした。

そんなふうに杏子には見えた。

新潮文庫ではなかったから。

その本は、講談社文庫、「に」の一の十二。西村京太郎――。

タイトルを見て、杏子と多絵は思わず顔を見合わせた。

『名探偵に乾杯』

標野《しめの》にて　君が袖振る

その女性が来店したのは、閉店前の午後八時過ぎだった。

ためらいがちに声をかけてきた雰囲気から、まちがえて購入した本の交換かと杏子は思った。言い出しにくそうな表情が、そういう類のお客さんのものとよく似ていたからだ。深いワイン色のシャツとグレーのパンツスーツがよく似合い、年頃は三十代後半だろうか。細身で、すっきりとした長身、顔立ちの整ったきれいな女性だった。

「どんなご用件でしょうか」

相手がなかなか言い出さないので、杏子の方から問いかけた。すると女性客は思いがけないことを口にした。

「『沢松《さわまつ》』という名前の客に、心当たりはないでしょうか」

「は？」

「わたしは喜多川《きたがわ》と申します。沢松というのは母でして、こちらをよく利用させていただいていたようなんです。ご存じありませんか？」

名前をいきなり言われても、すぐにはピンとこない。杏子は「そうですねえ」とつぶやきながら考えこんだ。

「母は主に、美術書や旅行ガイドブックを購入していたと思います。もう七十近いおばあさんですがとても気が若くて、白髪を灰色に染めていて、ところどころ青や紫のメッシュを入れています。アクセサリーも派手気味で、耳によく、こぉんな大きな玉のイヤリングをぶら下げています」

「ああ、沢松さま！」

杏子が急に大きな声をあげたので、レジにいた他の店員が一斉に振り返った。そっちに向かってあわてて「大丈夫」と合図を送りながら、杏子はあらためて女性客に微笑んだ。

「すぐに思い出せず、すみませんでした。ええ、沢松さまにはよくご来店いただいています。定期購読されているご本も何点かございますし」

目の前の女性客が、自分の指を丸めて耳飾りの形を作るのを見て、杏子はいつも快活な老婦人を思い出した。言われてみれば顔立ちが似ている。美人の娘さんがいたのだ。

「沢松さまが何か？」

「それなんですけれど、教えていただきたいことがありまして。母は先週の木曜日にもこちらに伺ったようなんです。そのときどんな本を買ったのか、憶えてらっしゃる方はいませんでしょうか。どうしても、知りたいんです」

「お求めになった本ですか？」

杏子の勤め先である駅ビル内の書店成風堂は、フロア面積が百坪ほどで、本屋としては中堅どころの店だ。女性向けのブティックや雑貨店がほとんどのビルなので、客層も若い女性が中心、ファッションに関心のあるおしゃれな人が多い。

この傾向は年輩客にもいえることで、背筋をしゃんと伸ばし、まだまだ好奇心いっぱいといった お年寄りが、さまざまな本を購入していく。

沢松ふみもそういったしっかり者のご婦人で、西洋美術に関する月刊誌や演劇の本を定期購読していた。海外旅行も趣味らしく、ヨーロッパはもとよりエジプトや南米あたりの旅行エッセイを好み、つい先日も、「次はインカの世界遺産ツアーよ」と張り切っていた。

「先週の木曜ですか。さあ、誰が応対したのか……。私にはちょっと憶えがありませんが、お待ちいただければ他の者に聞いて参りますよ」

女性客は初めから困ったような情けないような顔をしていたが、杏子の言葉にほっとしたのか、「実は」と切り出した。

「先週から母の居所がわからないんです。わたしは東京に住んでいまして、母はこの近くで独り暮らしをしています。連絡が取れなくなったので、心配して実家に戻ってみると、郵便受けに何日分も新聞がささったままでした。いつも綿密にスケジュールを立てて動く人なのに、ご近所の方との観劇会も無断欠席したそうです。こんなこと初めてなので、もう驚いてしまって」

「そういえば、沢松さまならばたしかに」

「母が何か？」

「いえ、私も本のことで、何回かご自宅にお電話差し上げました。けれどいつかけてもお留守なので気にはなっていたんです。長いお出かけのときには、必ずひと声かけてくださる方ですから」

杏子は定期購読の本が収納されている、レジの後ろにある棚に視線を向けた。顧客の名字で、あいうえお順に管理されている。その「さ」のところには沢松夫人の本も数冊、並んでいる。

「うちでお買い上げになった本と、沢松さまが今ご自宅にいらっしゃらないのと、何か関係があるのでしょうか」

「あるんだと……思います。母からは先週の木曜の夕方、わたしの勤め先に電話がありました。めったに仕事先に電話などよこさない人なので、そこからしておかしかったんですけれど、いきなり電話口で『いつもの本屋さんで、おもしろい本をみつけたわ』と言ったんですよ。そして、

『その中に、とっても重大なことが書いてあったの』と。これがその本のレシートだと思います。実家でみつけました。これはここのですよね？」

　杏子は差し出されたレシートを受け取り、成風堂のロゴマークと日付をたしかめた。どうやら買い求めたのは二冊らしい。そして価格と品目を見比べ、そこにあった意外な印字に驚かされた。

「ちょっと待ってください。一冊目の文庫はともかく、二冊目のこれって……」

　値段の三九〇円というのはまだいい。本屋の中ではずいぶんな低価格だが、探せばいろいろあるだろう。それよりも、品目が信じられない。「コミック」とあるのだ。あの婦人が漫画を買ったのだろうか。

　漫画を購入する年輩客はいるにはいるが、たいていは孫にたのまれたものであり、自分自身が読むためというのはとても珍しい。杏子の知る限り、沢松夫人も漫画に興味を持つ人とは思えない。今どきの本といって手に取るのも、雑学系の新書や海外ミステリがせいぜいだ。

「何かのまちがいじゃないですか」

「そんなこと言わないでください。ほんとうに実家でみつけたんです。貴重な手がかりなんですよ」

　そこに、杏子と仲のいいバイトの多絵が声をかけてきた。今年大学三年になる小柄な女の子だ。店頭整理の途中らしく、表紙の破れた雑誌を小脇に抱えている。

「どうしたんですか、杏子さん」

「ああ、いいところに来た。多絵ちゃんも、木曜日にバイトのシフトが入っていたよね。だったら憶えていないかな。先週の木曜日、沢松さまがみえたらしいの。あ、沢松さまってわかる？」

「もしかして、今度、アマゾンツアーに行くとおっしゃっていた、あの沢松さまですか。だったたら、『音楽の旅』や『スペイン語講座』を定期購読されている方でもありますよね」

　インカとアマゾンのダブルツアーだったのかと、沢松夫人の元気さに半ばあきれつつも、杏子は多絵の記憶力に内心拍手を送った。さすが偏差値の高い公立大学に現役合格しただけのことはある。頭脳においてはとても優秀な女子大生なのだ。

「そうそう、その方よ。でね、その沢松さまが、木曜日にどういうわけか漫画を買われたらしいの」

「――はい」

「『はい』って……」

　あっさりうなずかれて、杏子はあわてて聞き返した。

「ちょっと待って、多絵ちゃん。知っているの？」

「先週ですよね。それなら、沢松さまがアマゾンのお話をいろいろなさったので、おもしろく伺いました。密林でしか見られない特殊な植物の話とか、変わった昆虫の話とか。私、蝶がちょっと苦手なんですよ。それを言ったら沢松さま、『あら、蝶がちょっとで、シャレなの？』なんて」

「それで？」

　チョウチョの話よりも漫画だ。続きを催促すると、多絵は雑誌を前に抱え直し、そのときの様子を再現するかのように体の向きを変えた。

「沢松さまと話をしていたのはそのあたりなんです。ちょうど後ろにいた女子高生たちが漫画の話題で盛り上がっていまして、向こうの会話もちらちら聞こえてきました。そしたら沢松さま、急にアマゾンの話をやめてしまわれて……。今の女の子たちの話していた本はどこにあるのかと、おたずねになったんです」

「なんの漫画だったの?」

「『あさきゆめみし』ですよ。ほら、前に杏子さんが、源氏物語を漫画化した話だって、教えてくれましたよね」

アマゾンから、日本の古典名作へ?

「でも、『あさきゆめみし』なら、うちに置いてあるのは漫画文庫だけだよね」

「ええ。沢松さまはその一巻目をお求めになりました。ただ、もとはどんな大きさで、どんな表紙のコミックだったのかとても気にされて……。私、同じ作者さんの別の漫画をお見せしたんです。そしたらそれも合わせてお買い上げになったんです」

レシートにあった「コミック」はそれだ。

「どうかしましたか?」

杏子も、話を持ってきた女性客も、不思議がる多絵をよそに言葉をなくした。少なくとも沢松夫人は、自分の意志で女子高生の話題になるような漫画を購入していったらしい。そしてその夕方、わざわざ娘の仕事先に電話を入れたのだ。

天井に備え付けられたスピーカーから、閉店を告げる館内放送が流れた。フロアに残っていた買い物客が次々にエスカレーターやエレベーターへと姿を消していく。まわりの店でも閉店作業が始まり、成風堂のレジも一台が売り上げ計算に入った。もう一台で駆けこみのお客さんをさばいている。時計の針は八時三十五分をまわっていた。

沢松夫人も気になるが、レジ締めの仕事も始めなくてはならない。どうしたものかとそわそわする杏子に、女性客はすらりとした長身を申し訳なさそうにかがめて言った。

「すみません。少し、お時間をいただけませんか? ややこしい話で恐縮なんですが、わたしには弟がいました。母からみたらひとり息子です。その弟はもう二十年も前に事故で亡くなっていまして、ほんとうに昔の話です。ところがその先週の木曜日に、母は電話口でこうも言いました。『貴史《たかふみ》のことよ。あのとき見落としていたことに、今気がついたの』『これから調べてみるわ』って。それきり母は行方不明なんです」

杏子はまじまじと女性客の顔をみつめた。

「沢松さまには、亡くなった息子さんがいらしたのですか」

「ええ。轢《ひ》き逃げです。犯人はまだ捕まっていません」

あの婦人にそんな過去があったのかと思うと、杏子の顔は自然と曇った。つき合いの長い顧客といっても、プライバシーについてはほとんど知らない。

「心当たりは全部捜しました。今までこんなことは一度もありません。もう心配で心配で、夜もおちおち眠れません。お忙しいとは思いますが、もう少し話を聞かせてください。わたしには漫画なんてぜんぜんわかりません。まったく雲を摑むような話です。どういう内容のものなのか、それだけでも教えていただけませんか」

女性客が拝むように手を合わせたので、杏子はあわてて両手を広げ、なだめるような仕草をしてみせた。沢松夫人は月刊誌を数点購読しているので、月に何度か成風堂に顔を出し、そのたびに杏子はレジ後ろの棚から本を抜き取っていた。

交わした会話といえば、「暑くなった」だの、「寒くなった」だの、他愛もない時候の挨拶ばかりだったが、たまには映画の話や海外旅行の話題も出た。そのときに見せてくれる生き生きとした表情が杏子には嬉しくて、これから旅行に出発というときは必ず「お気をつけて」と一言添えた。沢松夫人はそれを聞くと決まって杏子の制服をちょっと引っ張り、「ありがとう」と微笑んだ。

「多絵ちゃん、このあと、時間はある？」

杏子たちを気にしながらも乱れた本を片づけていた多絵は、すぐにうなずいた。

「ええ、私なら」

「だったら多絵ちゃんもつき合わない？　沢松さまはうちで買った漫画を読み、それから行方不明になったらしいの。それってすごく気になるでしょ。ふだん漫画を買わない方が、どういうつもりで手に取ったのかもわからないし。沢松さまに何があったのか、いっしょに考えてよ」

多絵はにわかに目を輝かせた。

「謎解きですか」

「そうそう。考えて、ずばっと解いてみせて。もしもちゃんとつきとめられたなら、さっきの失敗は帳消しにしてあげるから」

「さっきって……」

とたんに多絵はわざとらしく後ずさった。店長から経費節減を厳しく言い渡されたばかりだというのに、多絵は夕方プレゼント包装に失敗し、貴重な包装紙を三枚も無駄にしたのだ。

「あれは内緒にしておかなきゃね」

「お願いします……」

「謎は解いてね」

「は、はい」

子供用の包装紙ならば出版社からのもらい物なのでまだしも、多絵が台無しにしたのは大人用の包装紙。くれぐれも大事に使うよう店長から言われている品だ。気がついて杏子がフォローに入るまでの間に、お客さんの苛立ちは破裂ギリギリまでふくれあがり、もう少しでクレームの嵐が吹き荒れるところだった。

「あの、どうでしょうか。つき合っていただけます？」

「ええ。お役に立てるとは限りませんが、それでもよろしければ」

「よかった。助かります」

杏子はほっとひと息つく女性客に向かい、待ち合わせの時間と一番わかりやすそうな場所を自分から提案した。


成風堂がテナントとして入っているフロアは、午後八時三十分の閉店だ。けれどその上のレストラン街は十時まで営業している。杏子と多絵は一旦女性客と別れ、仕事を終えてから七階フロアで落ち合った。

つき合わせるお礼になんでもごちそうすると言われ、杏子たちはためらいつつもテーブルがゆったりと配置されたフランス料理の店を選んだ。

女性客は年下の女の子たちと食事をするのにも慣れている様子だった。成風堂にいたときよりも表情がほぐれ、メニューを決める頃には自然と会話が弾むようになっていた。

差し出された名刺には「喜多川理沙《りさ》」とあった。さる大手薬品会社の名前が添えられ、肩書きは課長。今年四十歳になるそうだ。

杏子は自分の名刺より先に、レジ締めの前に買っておいた件《くだん》の漫画文庫を手渡した。

「よろしかったらこれ、お持ちになってください。ああ、いいんです。大した金額ではないので、気になさらないでください。こちらのお食事の方がずっとします」

理沙は杏子の言葉に恐縮しながらも喜んで受け取り、表紙を見たり裏にひっくり返したり、念入りに眺めまわした。そして恐る恐るといった面もちで、ページをめくった。

「これが母の買った本ですか。中身は……まったくの漫画だわ」

「ご存じないですか？　紫式部の源氏物語を漫画化したもので、宇治十帖まで含めてコミック版では全十三巻、漫画文庫版では全七巻。人気があって、とてもよく売れているんですよ」

理沙は微笑みながら、首を横に振った。

「漫画はもう長いこと見てないもので。こうして手に取ったのも久しぶりです。学生の頃は少し読んだけれど、最近は仕事の本か、軽い感じのエッセイばかり」

「でもこれは、出版されたのがもうずっと昔なんです。さっき調べてみたところ、一巻目の初版は昭和五十五年の十一月。今から二十年以上も前です。それと……」

杏子は自分のバッグの中から一枚の紙切れを取り出した。『あさきゆめみし』は今なお人気のある作品だが、漫画文庫が出てからはコミック版を売り場から下げてしまった。おそらくもう「品切れ重版未定」という、入手不可の本になっているだろう。ただ出版社のサイトには画像が残されていたので、印刷してきたのだ。多絵の話からすると、沢松夫人がほしかったのは昔ながらのコミック版の方だった気がする。

「漫画文庫の装幀とは雰囲気がまったくちがいますよね。でも、もとの本はこれだったんです」

テーブルに広げられた絵をのぞきこみ、理沙は浅く唇を噛んだ。

「昭和五十五年ということは、弟が高校のときに、もうこの本はあったんですね。じゃあ、ひょっとして……」

「何か？」

「いえ、さっきおふたりを待っている間にね、思い出したことがあるんです。弟が少女漫画を読みふけっていて、気づいたわたしがひやかしたら、『これは源氏物語だ。ねえちゃん、源氏物語って知ってるか？』なんて。人を馬鹿にした言い方だったので、そのあと派手な口喧嘩になりました」

「弟さん、これを持っていらしたんですか？」

「さあ。ほんとうにこれだったのかはわかりません。タイトルなど気にしなかったから。でも可能性はあるということですよね。他に源氏物語の漫画版ってあるのかしら」

ないわけではない。けれど、どれもこの漫画よりあとのはずだ。杏子がそう言うと、理沙は複雑な顔で表紙をみつめた。

「漫画自体は弟のではなく借り物だったと思います。見かけたのもその一度きりですし、遺品の中にもありませんでした」

きれいなマニキュアの指先が行きつ戻りつしながら表紙をなでるのを、杏子は黙って見守った。「遺品」という一言が心にしみた。杏子にも二つちがいの弟がいる。憎まれ口のたたき合いはしょっちゅうで、もう顔も見たくないと何度言い捨てただろうか。けれどまた顔を合わせ、ときどきはくだらないことで盛り上がり、お腹を抱えて笑い合うこともある。

目の前にいる「ねえちゃん」は、そういうやりとりを昔々になくしてしまったのだ。

ウェイターがやってきて白いテーブルクロスの上にサラダを並べた。ほどなくパンとメインディッシュの皿も運ばれてきた。三人してナプキンを膝に広げ、銀色のナイフを手に取る。

「弟さん、高校の授業では古典を選択していたんですか。今ではこの漫画、すっかり先生おすすめの古典バイブルなんですよ」

「先生が漫画をすすめるんですか」

「最近はそうなんですよ」

「わたしの頃は漫画なんて読むなと、頭ごなしに言われたのに」

拗ねたように口を尖らせ、理沙は「ああでも」と続けた。

「弟でしたらまったくの理科系人間ですよ。通っていたのはこの近くの西《にし》が丘《おか》高校で……。西高、ご存じです？」

「もちろん。生徒さんが学校帰りによくいらっしゃいます。今教えてらっしゃる現役の先生も、かつての先生方も、良いお客さんです」

理沙はなつかしい場面でも思い浮かべたのか、目を細めフォークを動かす手を止めた。

「今はどうか知りませんけど、あそこは伝統的に国語科の強い学校でした。でも弟は文系が苦手で苦手で、そのせいで国立大学が狙えなかったくらい。南高校から薬学科に進んだわたし以上に疎《うと》くて、選択も物理と数学だったんじゃないかしら。それが生意気な口をきくものだから、あのときも派手な喧嘩になったんですよね」

「どんなふうな？」

理沙は本格的に苦笑し、なにやら照れて口ごもった。

「姉のわたしが言うのもなんですが、弟は、妙に顔立ちの整った男でした。黙っていても人目を惹くタイプと言いますか……」

「ああ、わかるような気がします。かっこいい弟さんだったんですね」

理沙の容姿からしてみれば、弟が美形なのも当然という気がする。思わず杏子はにやけてしまった。ハンサムな弟なんて実に羨ましい。

「弟は小学校の頃からもててもてて、バレンタインも誕生日もプレゼントの山。陸上の短距離選手だったので、運動会や競技会の前になるともう、興奮した女の子たちが家まで押しかけて、近所迷惑になるくらいの騒ぎでした。ちやほやされていい気になったんでしょうね。もともと悪かった性格に磨きがかかり、気がつけばとんだアイドルもどき、えせスターの出来上がりです。数学と駆けっこが取り柄で生きている体育会系のくせに、ちっとも硬派じゃなくて、つき合う女の子もとっかえひっかえ。姉のわたしから見れば、まちがいなく、生ゴミの日に新聞紙にくるんで捨てたいタイプの典型だわ。それなのに、なぜかたくさんの人に好かれ、同性の友達も多く、ほんとうに得なやつでした。だから源氏物語と聞いたとき、わたし、すぐに言ったんです。あんたは光源氏によく似てる。女癖が悪くてちゃらんぽらんで身勝手で、この先も女を泣かせて軽薄な人生を送るのねって」

「弟さんはどんな反応でした？」

「それが……」

　理沙はまた口ごもる。今度はさっきとちがい、素直に困っている表情だ。

「やけにムキになって否定しました。『おれは光源氏とはちがう、こいつとはちがうんだ』って」

　ずっと黙って聞いていた多絵が、にわかに頭を上げた。何か言いたそうに理沙をみつめたので、杏子は声をかけた。

「どうしたの、多絵ちゃん」

「あ、いえ、その……」

「思うことがあるなら、ちゃんと言ってごらんよ」

「でも――」

「ばっちり謎解きしてくれるんでしょ。包装紙三枚っていうのは、いつもの小言じゃすまないよ」

杏子の言葉に苦々しくうなずき、多絵は理沙に向き直った。

「弟さんはそれでどうだったのかな、と思いまして」

「どうって？」

「ですから、ちがうと言い張るように、真面目にやっていたんでしょうか」

「ああ、それなら、そうね。わたしもいろいろくやしかったので、あのあと弟のだらしないところをみつけようとしたわ。『ほらやっぱり、あんたは光源氏よ』って、言いたかったというか。でも、さすがに高校三年だったからかしら。弟は柄にもなく必死に受験勉強に取り組んで、女の子ともつき合わず、夜遊びもせず、学校もサボらず。結局、『ほーら』は、言えずじまいでした」

多絵は、理沙の話にゆっくり「そうですか」と返し、グラスの水を飲んだ。そしてテーブルのはじに置いてあった漫画文庫を引き寄せた。

むずかしい顔になってそれをめくり始める。中身はなんといっても花々が咲き乱れる中、眉目秀麗な主人公たちが、愛だの恋だのを語る絢爛豪華な王朝絵巻だ。そういうものを眺めているはずなのに、多絵の表情は物理や化学の教科書を読んでいるような物々しさで、口元をきゅっと引き締めている。

源氏物語に出てくる女性で言うと、多絵は誰に一番似ているだろうか。そう思ったとたん、姫君ではなく若い公達《きんだち》が浮かんでしまう。

「ねえ多絵ちゃん、この漫画って読んだことないのよね？」

「はい。でも、源氏物語ならば中学の教科書に載っていますよね。だから登場人物の名前を見れば、だいたいの内容はわかりますよ」

「まあ……それはそうだろうけれど。漫画だとね、和歌の意味も恋の駆け引きも、建物の造りや調度までも、すんなり入ってきておもしろいのよ。もしよかったら、今度、貸してあげようか」

「わあ、いいんですか？　読みたい」

堅苦しい表情を引っこめ、多絵が無邪気に微笑んだので、杏子もつられてにっこりしてしまったが、のどかに雑談をしている場合でもない。

「貸すのはまたこの次ね。他に聞きたいことはないの？」

「ああ、そうです。他です。他に何があったでしょうか。あの――」

「え？　何？　わたし？」

手にしていたパンのかけらを理沙があわてて皿に戻す。

「弟さんのことです。少女漫画の他に、今振り返ると、なんだか『らしくない』と思うような事柄がありませんでしたか。弟さんのその頃の言動でも、持ち物でもいいんです。そぐわないなあと不自然に感じたことが、なかったでしょうか」

「不自然……」

多絵のまっすぐな眼差しを受け、理沙は白いナプキンで口元を押さえた。

「どういうことかしら。同じ家に暮らしていても、知らない部分って意外と多いのよ。弟が亡くなったときに部屋を整理したけれど、わけのわからないものがあれこれ出てきました。それこそ見慣れない服やアクセサリー、手紙、本、雑貨、写真、ノート、封の切ってないお菓子、お酒、たばこ……。母もわたしも、そうやって思いがけないものをみつけるたびに、とてもいたたまれなくなりました。どんなものであれ、あの子にとっては何かしら意味のあるものでしょう。お菓子のオマケひとつとってみても、これを見て何を思っていたのだろうかと考えてしまうんです。

お酒もたばこも陰でこっそり試していたのですね。美味しいと思ったのかしら。それとも苦かったのかしら」

当時のことを思い出したのか、理沙の声はだんだん小さくなり、ふっとため息をついた。

「肝心の弟はもうどこにもいないのに、部屋にいると、まるであの子の心の中に紛れこんでいくような気がして、すごく苦しかったのを憶えています。『なぜこんなものを後生大事にしまっておいたの?』『こんな派手なシャツ、いつの間に買っていたの?』『このお守りは誰からもらったの?』、そんなふうに問いかけたりして。でもけっしてその答えは得られません」

理沙はぎごちない笑みを浮かべ、何かを吹っ切るように、首を横に振った。

「万事そんな調子でしたから、弟の遺品整理は母には刺激が強すぎました。目に見えて具合が悪くなり、心の病気でしばらくお医者さまにかかったくらい。あれを思うと、乗り越えてくれてほんとうによかった。わたしも母がいてくれたから、ここまでやってこられたんだわ」

「その遺品の中には、この漫画はなかったのですね?」

多絵が念を押すと、理沙はすぐに「ええ」と答えたが、それと同時に手にしていたナプキンをテーブルの上に置いた。

「ちょっと待ってください。それ、見せてくださる?」

多絵から漫画文庫を受け取ると、理沙は気ぜわしくめくり始め、やがて中程のページにじっと見入った。

「何か?」

「これ……」

「ああ、和歌ですね」

「五、七、五、七、七、でしたっけ」

　理沙が開いているページには、光源氏が女性に贈った和歌が載っていた。わかりやすい現代語訳も添えられている。

「それが何か？」

「亡くなった弟は、お気に入りを集めたスクラップブックのようなファイルを作っていました。主に、雑誌の切り抜きや、スニーカーのカタログ、もらい物のカード、パンフレット、手紙、そういった類のものです。そのファイルにも順位があるらしく、遺品を整理しているときに、やけに大事にしまいこまれた『お宝ナンバーワン』とかいうファイルをみつけたんですよね。中にあったのは尊敬する陸上選手のフォームの写真や、見るからに高そうなシューズの切り抜き、インタビュー記事など、単純でわかりやすかったのですが、ひとつだけ……そう、妙なものが交じっていたわ」

　きれいな二重瞼《ふたえまぶた》の瞳が、杏子と多絵を見比べた。

「走り書きの和歌でした。えっとね、……むらさきのゆき、しめのゆき……とかいうの。わたしも憶えているくらいだから、有名な歌じゃないかしら」

　杏子は思わず身を乗り出した。

「茜《あかね》さす　紫野ゆき　標野ゆき　野守は見ずや　君が袖《そで》振る」

「それそれ、それよ。ノートの切れっ端みたいな紙に、すごく流麗な文字で書かれてあったの」

「直筆だったんですか」

「ええ。でも弟の字じゃないわよ。あんな達筆、逆立ちしたって書けやしないもの。あれも源氏物語に出てくる和歌なのかしら」

問いかけられて杏子は一瞬考えてしまったが、記憶力のいい多絵はすばやく応じた。

「いいえ、ちがうと思います。たしか作者は額田王《ぬかたのおおきみ》で、万葉集に収められた有名な相聞歌《そうもんか》だったかと。教科書によく載っている歌なので、憶えてらしたんじゃないですか」

「万葉集なの。わあ、なんだかそれを聞くだけでなつかしいわ。中学生に戻った気分よ。額田王っていうのは女の人でしょ？　むらさきのゆき、しめのゆき――か。ねえ、どういう意味なのかしら」

「それは……」

たった今、打てば響くような速さで返答したばかりだというのに、多絵は杏子の方を向き、お願いしますという目になった。

「どうしたのよ。知っているんでしょ？」

「私もどちらかというと理数系で、作者や年代を憶えるのはけっこう得意なんですが、訳って苦手なんですよ」

多絵らしいような気がして、杏子は苦笑した。

「えっとねえ、だから簡単に言うと、この歌の作者である額田王は、もともと大海人皇子《おおあまのおうじ》の恋人だったのよ。ところが皇子の実兄にあたる中大兄皇子《なかのおおえのおうじ》、当時はすでに天智天皇《てんじ》だったけれど、そのお兄さんが才気煥発《かんぱつ》な彼女に惹《ひ》かれ、横取りしてしまうの」

「まあ」

杏子は多絵相手に砕《くだ》けた口調で説明しかけたが、向かいの席から理沙が興味津々といった顔で相槌を打った。

「それってつまり、三角関係ってことかしら」

「はい。相手は今上帝《きんじょうてい》ですから、誰も逆らうことはできません。彼女にとっても、帝の寵愛は大変な名誉に外なりません。そこで大海人皇子とは別れてしまうのですが、皇子は彼女のことが忘れられず、今で言うピクニックにでかけたさい、遠くから手を振ってみせます。それに対して額田王が贈ったのがこの歌です。『そんなふうに大げさに手をお振りになったら、みんなにみつかってしまうではないですか、無謀な方ね』って」

「帝に恋人との仲を裂かれたわりには、のんびりしているわね。深刻な雰囲気があまり感じられないけど」

「私が知っている解釈によれば、額田王はふたりの皇子に惹かれていたみたいですよ。両方とも後世にまで名前が残るくらいですから、才覚のある素敵な男性だったのかもしれませんね。想われて悪い気はしない、っていう感じですか。この歌にしても、別れた恋人が自分のことをまだ慕い続けている、それを心の中では嬉しがっているような、伸びやかな響きがありますよね」

　ペーパーナプキンで口元を拭っていると、ウェイターが気づき、空になった食器を下げにきた。やがて食後のコーヒーが運ばれてくる。

　和歌は大らかだが、沢松夫人も大らかに食事を楽しんでいるとは限らない。今頃どこかで暖かな夕べを過ごしていればいいが、それをたしかめられないのが問題なのだ。杏子はずっと気になっていたことを、思い切って口にした。

「弟さんは事故で亡くなられたとおっしゃっていましたね？　そのときのことを伺ってもよろしいですか？」

「ええ、もちろん。楽しい話ではないので、せっかくのお食事が胃にもたれてしまうかもしれませんが……。おふたりさえよろしければ」

杏子と多絵は顔を見合わせてうなずいた。

「お願いします」

「でしたら、そうですねえ、どこから話しましょうか。簡単に言えば弟は下校途中、轢き逃げに遭い、亡くなりました。犯人は結局みつかりませんでした。母は、父が亡くなってから女手ひとつでわたしたちを育ててくれました。それなのに急に、なんの前ぶれもなく、あんなに元気だった子がいきなりいなくなってしまい、わたしもとてもショックでした。でも母のそれは、わたしの比ではない。今回のことでしみじみ痛感しました。どんなに年月が経とうとも、子を失った親の無念さは少しも薄れないのですね」

理沙はブラックのコーヒーを口に含み、そっとカップを下ろす。

「事故があったのは平日の夕方でした。その日、たまたま大学の授業が休講で、わたしも自宅にいました。すると、いきなり警察から電話があって、わたしと母はおろおろしながら病院に駆けつけました。そのときはもうすでに、貴史は虫の息でした。集中治療室に入る前、担当してくださった先生から手の施しようがないと言われ、あとの記憶は曖昧です。母とかたく抱き合い、もつれるようにして集中治療室に入ったと思うんですが、ベッドに横たわるあの子を見たとたん、それこそ頭の中が真っ白になりました」

理沙の胸が荒く上下するのが、端から見ていてもわかった。自制しているのか、口調は淡々としているが、きれいな指先はかすかに震えていた。心はもっともっと揺れているにちがいない。

杏子の脳裏を、ガードレール横に供えられた花束がよぎった。今までに何度かそういう哀しい供《く》物《もつ》を見かけ、そのたびに、ここで交通事故があったのかと胸が痛んだ。気の毒にと思う気持ちはほんとうだけど、心の中で手を合わせながらも、いつの間にか日常に取り紛れてしまう。部外者は忘れることができるのだ。

　でも当事者にはそれがゆるされない。理沙にしても、ほんの少しのタイミングで、一生「気の毒に」と思う側でいられたはずだ。弟がもう少し早く学校から帰っていれば、ほんのひとつだけ手前の角を曲がっていれば、悲惨な事故をかわすことができたのに。

　家族の運命は、まったくちがうものになっていただろう。

「何か、最期の言葉のようなものは？」

　重苦しい空気の中、多絵が控え目にたずねた。

「最期、ですか」

「病院に着いたとき、弟さんの意識はいかがでしたか」

「少しはあったみたいです。わたしたちを見て、『ごめん』と言いましたから。はっきり聞き取れたわけではないのですが、たぶんそう言っていたんだと思います。あの子らしい言葉です。あとは……」

「あとは？」

　理沙は首を振る。

「なんだか、それこそ意識が朦朧《もうろう》としてしまったようで、言葉になっていませんでした。苦しかったんだと思います。そばにいてくださった担当医の方に、しきりに何か訴えていました。助けてくれとでも、言いたかったのでしょうか。先生、先生と、何度も呼んで、のぞきこんでくる先生の腕を摑もうとしました。そんなふうに見守っている間にも容態は悪くなり、わたしも母も夢中であの子の名を呼びましたが、あっという間に還らぬ人になってしまいました。……ああ、ごめんなさいね。いいのよ、いいの。ふたりともそんな顔しないで」

わざと元気そうに白い歯をのぞかせて、理沙は大きく息を吸うと、テーブルの上の漫画をちらりと見た。

「やあねえ、母も何やってるのかしら。この本がなんだっていうの。あの子はインカよりもアマゾンよりも、遠いところに行ってしまったのに」

スペイン語講座のテキストを愛読し、いつも颯爽とおしゃれに決めていた婦人は今どこで何をしているのか。思いがけず巡り合った一冊の本に、何をみつけたのだろう。なぜ今、実の娘にすら連絡をよこさないのだろうか。

「すみません。ごちそうになったのに、なんのお役にも立てなくて」

「いいえ、とんでもない。この漫画について、わたしなりに思い出すことができました。おふたりのおかげで大収穫。母はいい方たちにお世話になっていたのね」

恐縮する杏子のとなりで、ふいに多絵が言った。

「明日になれば、もう少し詳しいことがわかるかもしれません」

「なんでよ、多絵ちゃん」

「杏子さん、明日は『言語研学』の発売日ですよ。あれを定期購読しているお客さん、憶えていますよね？」

多絵にたずねられ、杏子は瞼をぱちぱちさせたが、すぐに頭が仕事モードに切り替わった。

『言語研学』は専門雑誌で、成風堂には一冊しか入ってこない。

「樫村《かしむら》教授でしょ。白髪の、気のいい大学教授さん。あの方がどうしたの？」

「教授は今、大学で非常勤の講師をしながら、専門である言語学の研究を進めてらっしゃるとか。でもその前は、公立高校で教鞭を執《と》っていたと、おっしゃっていたじゃないですか」

樫村は来店するたびに軽口を叩いていく、とても個性的な顧客だ。高額本を気前よく注文するありがたいお得意さまでもある。

「そうよ、教授は元高校の先生。すぐそこの西が丘高校で国語を……」

「ピンポン。しかも『君たちがよちよち歩きの頃』ですよ。それってつまり、二十年くらい前じゃありません？」

西が丘高校。沢松貴史が事故当時、在籍していた学校だ。

そこに樫村は教師として居合わせた。

二十年前――。

「明日、教授から話を伺いましょう」

「うん。でも教授、何か知っているかな」

あの人が？

「大丈夫。私の包装紙三枚にかけて、ぜったいに」

とまどいをあらわにする杏子に対し、多絵はやけに自信たっぷりに請け合った。


翌日の昼前、いつも通り樫村教授は、ポロシャツにスラックスというラフな装いで店に現れた。

その道では名だたる学者さんらしいが、杏子にはよくわからない。聞いたこともない出版社から出ている堅苦しいタイトルの本を注文したかと思うと、若者に流行の薄っぺらい文庫まで買っていく。

「何事も研究」という言い回しそのものが冗談に聞こえる、楽しい常連客だ。

会計のあと、レジから抜け出して、杏子はあらかじめ用意していたセリフを教授相手に切り出した。多絵のシフトが入っていない日なので、ここはひとつ、気合いを入れて孤軍奮闘しなくてはならない。

「西が丘高校の沢松貴史か。そりゃ……なつかしい名前だねえ。憶えてはいるが、なんで君がその名前を？」

「ちょっといろいろありまして。やっぱり教授、ご存じなんですね」

樫村教授は購入したばかりの雑誌でてのひらをぽんぽん叩きながら、口をつぐんだ。

「交通事故で亡くなられたとか」

「ああ……」

「轢き逃げで、犯人は捕まらなかったと聞きました」

「まあ、結局、そうだったね」

何でもないような口ぶりで返事をするが、教授の顔からいつもの気安い雰囲気が消えていた。

「名前を聞いてすぐに思い出されるということは、教授にとっても、印象に残る生徒さんだったんですね」

「沢松は特別だよ。在学中に不慮の死を遂げた生徒なら忘れるべくもないが、それ以前に、あいつは個性的な少年だった。学力も優秀で、スポーツマンで、とびきりのハンサムで。いや、そういった人気者はどの時代にもいるにはいたが、あんなにも鮮やかに、生まれながらに華を持っているような子は珍しかった。あいつが事故に遭って、もういけないと聞かされたとき……」

教授は感慨深げに顔を上げ、壁にかかった文庫のキャンペーンポスターをみつめた。

「実にありきたりだが、悪夢だろうと思った。惚けたように何度も、『嘘だろう』とくり返した。誰かにちがうと言ってほしかった。でも誰もそう言ってくれなくて、私は柄にもなく人前で泣いたような気もするし、よろけて尻餅をついたような気もする。それくらい動揺し、無念でたまらなかった」

「――」

「それで？　どうして今さら、彼の名前が出てくるんだい？」

杏子は沢松貴史の母親にあたる人が現在行方不明で、娘さんが捜していると説明した。

「沢松ふみさんは二十年前に見逃していたことに、ごく最近、気づかれたそうです。そして『これから調べてみるわ』という言葉を残して失踪しました。教授、当時のことを聞かせてもらえませんか。今、沢松さんがどこにいるか、考えてみたいんです。お忙しいとは思いますが、今日の夕方、少しだけお時間をください。もう一度、沢松さんの娘さんという方がいらっしゃることになっています」

教授はあからさまに嫌な顔をした。

「いきなりそんなことを言われたって、私には何もできないよ。当時のことにしたって、どれくらい憶えているか自信がない。心配ならば警察に掛け合えばいい。いや、どうして君がそんなに気にするんだ。特別な知り合いなのかい？」

「沢松さんはうちのお客さまです」

「それだけか」

露骨に不快そうな顔になり、教授は杏子を軽く睨んだ。無関係の者が他人のプライバシーに首を突っこむなと言いたいのだろう。人の傷口を勝手にいじくるなと、腹を立てているのかもしれない。ひょっとするとそれは、教授自身の苦い過去でもあるのか。

教授の言い分はわかる。よくわかるつもりだ。けれど昨夜の理沙の顔を思い出し、杏子は食い下がった。多絵の口にした「ぜったい」にもかけてみたい。

「沢松さんはうちの本を買ったきり、それが原因みたいにして行方不明になったんです。これを気にしないで、何を気にするんです。教授だって、二十年前の西が丘高校と今の成風堂と、沢松さんとはふたつもご縁があるということでしょ。行方捜しに協力してください。今日の六時半です。駅前の喫茶店、『スワン』。あそこの一番左奥のボックス席でお待ちしています」

「よしたまえ。私は約束なんか――」

杏子は教授の威圧感に負けじと、レジの後ろの棚から数冊の雑誌を引き抜いた。

「これは沢松さんの注文している月刊誌です。私はなんとしてでも、これを沢松さんにお渡ししたいんです。『職務全《まっと》う』、この言葉を忘れてはならない日本語だと、教授は以前私におっしゃいましたよね」

言うには言ったがと、口の中でつぶやく樫村を前に、杏子は雑誌を掴む手に力を入れた。沢松夫人と自分との、これまでのやりとりが思い出され、本が励ましてくれるようにも感じられた。

「必ずいらしてください。沢松さんの行方を知ることが、私の職務全うに繋《つな》がるんです」

つらい過去を引きずりながらも、それに押しつぶされることなく、婦人は爽やかな笑顔を投げかけてくれた。カウンターごしのいつもの言葉、「お気をつけて」「ありがとう」、そのなんでもないありふれたやりとりが、たまらなく恋しくなった。目の前にまだ教授がいるのも忘れ、杏子はうつむき、しばらく顔が上げられなかった。

成風堂は今現在、小林《こばやし》店長を含めて四人の正社員が働いている。店長は主に文芸書を担当し、内藤《ないとう》という二十代後半の男性社員が文庫と新書を受け持っている。もうひとりの男性社員が五十代の福沢で、一番の年長者ながらも、リストラ後の再就職先として成風堂に入ってきたために、杏子よりも新人扱いだ。福沢は実用書全般を見ている。そして杏子は今のところ児童書とコミックを担当している。

社員の勤務時間は、通常早番が九時から六時まで、遅番が十一時半から九時までで、それぞれ途中に一時間の休憩が入る。じっさいはその前後にも仕事が入り、すぐに上がれないときもあるのだが、理沙と約束したその日はちょうど早番で、杏子は雑誌の入荷量に合わせ、朝八時には出勤していた。おかげで心おきなく、六時十五分にはタイムカードを押すことができた。

制服を着替え終わる頃、学校から駆けつけた多絵と合流した。

約束の六時半、理沙はすでにスワンの入り口付近で待っていた。三人で席に着き、メニューを開いていると、渋々といった雰囲気で教授がやってきた。

教授は居心地悪そうに空いている席に腰を下ろし、理沙と挨拶を交わすときだけは礼儀正しく頭を下げたが、あとはわざとらしくそっぽを向いてしまった。

その気持ちがわからないでもないので、杏子は「気にしない、気にしない」と理沙や多絵に合図を送り、メニューの中から自分はホットミルクティを選んだ。そして多絵相手に、ごくふつうの口調で問いかけた。

「昨日は、何か気がついたことがあるように言っていたよね？　どんなことなの」

学校帰りの多絵は、ノートやバインダーの詰まったバッグを足元に置き、グレープフルーツジュースを注文した。

「大したことではないんです。当たり前のことで、もうおふたりも気づかれているとは思いますが、ゆっくり整理してみると、よりわかってくるんじゃないかなと思いまして」

「私、何も気づいてないよ」

杏子が素直にそう言うと、自分もだという仕草で理沙もうなずいた。

「今のところわかっているのは、沢松さんが漫画を買っていかれて、それが息子さんの事件に関係しているかもしれない、ということでしたよね。そして昨日は昨日で、新たな不思議が出てきました。今日はそれをきちんと解いてみたいな、と」

「不思議って？」

多絵は杏子と理沙の顔を見比べ、かわいらしく微笑んだ。

「まずひとつ目は、沢松さんの息子さんがなぜ少女漫画を読んでいたか、ということです。伺ったところでは、ことさらな少女漫画ファンではなかったようですし。ということは、いつも読んでない種類の本だったわけですよね。そしてその内容は古典の漫画化。私立の理系大学を志望してる者にとって、畑ちがいもいいところです。でしょ？　杏子さん」

「まあ、そうだねえ。読むなら英単語帳、気晴らしなら少年漫画というのが一般的かな。少女漫画だとしてもSFならばあり得るかもしれないよね。あの頃だったら萩尾望都とか竹宮惠子とか」

「ありえないものだからこそ、一考の余地があると思うんです。だいたい、少女漫画と古典に興味のない人ならば、そのほとんどが『あさきゆめみし』の存在すら知りませんよ。杏子さんだって、ついこの前、『ボウリングマガジン』で躓《つまず》いていたでしょ」

「いたたた……」

ほんの数日前、杏子はお客さんからそのタイトルの月刊誌を聞かれ、てっきり地中に穴を掘るボーリングだと思ってしまった。けれどもお客さんの探していたのは、玉転がしスポーツのボウリングだったのだ。誤解が解けたところで今度は「うちには入っていません」と言い切ったが、

「以前、この店で買いました」と反論され、二重に恥をかいてしまった。

『養豚界』があるんだもん。ボーリングもあっておかしくないでしょ」

雑誌は毎日山のように入ってくる。ほんの一、二冊しか入荷してこない月刊誌では、まったく気づかないままという場合がなきにしもあらずで、未だに「そんな雑誌があったの」と驚かされることがある。

「杏子さん、なぜ貴史さんは、あの漫画を知っていたと思いますか？」

「そうだなあ。教室に転がっていたんじゃない？　西が丘は共学でしょ。女の子が読んでほったらかしてあったのを、たまたま手に取ったとか」

「それなら、ぱらぱらめくる程度だと思いますよ。わざわざ家に持って帰るってのは、よっぽどだと……」

「なら、誰かにすっごくおもしろいから読んでみてって、すすめられたんだよ」

杏子の言葉に、多絵は肩をすくめる。

「私は昨日、あの漫画を初めて開きましたが、そうとう気合いを入れないと読めそうもありませんでした。だって、細い線でみっちり描きこまれた漫画ですもん。今ならば時間の余裕もありますし、古典への好奇心もありますから頑張る気にもなりますが、高校の頃だったらすすめられてもパスしたと思います」

多絵の言わんとすることは、杏子にもよくわかった。『あさきゆめみし』はとても完成度の高い、きれいな絵の漫画だ。星の数ほどいる漫画家の中でも、作者はベテラン中のベテラン。その大ベテランがまだ若かった頃とはいえ、真正面から取り組んだだけのことはある。細部まで緻密に描かれた絵と、ドラマチックな展開と、登場人物の味わいの深さと。どれをとっても、読み継がれる不朽の名作にまちがいはない。

けれどいくら名作でも、扱っている題材が題材だけに、興味のあるなしで読書意欲は大きく左右されるだろう。その気のない者にとって、これが「帝」、これが「桐壺更衣」、場所は宮中で、衣服は十二単《ひとえ》、ひとつひとつ設定を把握するのは負担になりかねない。

「頑張るだけの理由があったということ？」

「ですね」

暇つぶしをする時間的余裕のなかった学生が、わざわざ自宅に持ち帰り、読みふけった理由だ。

「なんだろう？」

「では、それは横に置いとくとして、次の不思議に移りますね」

「ちょっと待ってよ。移っちゃうの」

「はい。整理が先です」

不満顔の杏子をよそに、多絵はすまして話を進める。

「少女漫画の次に、私が不思議だと思ったのはお姉さんの言葉です。あの……すみません、『お姉さん』と呼ばせていただいてもいいですか？」

すっかり聞き役になっていた理沙があわててうなずいた。

「いいわよ、もちろん。お姉さんならば。どんどん呼んで」

「ありがとうございます。えっと、ご姉弟の間で源氏物語の話題が出たときに、お姉さんはあのお話をなぞって、『まるであなたは光源氏だ』と弟さんに言ったんですよね」

「そうそう。言ったわ」

「それに対し、弟さんはずいぶんムキになって否定したと」

「ええ。それが、何か？」

「私には不思議に思えました。だって、子どもの頃から女の子にもてて、楽しくわいわいやっていたのでしょう？　光源氏と言われたら、けろりとした顔で開き直ると思うんですよね。ある意味、そんなふうに言われたら、かっこよくもあるし」

理沙は「そうねえ」とつぶやき、杏子も頭の中で理沙の弟のような男を思い浮かべた。

おそらくまわりの人間から、『あいつがいないとつまらない』とか、『あいつだからしょうがない』とか言われて、かまってもらえるタイプの人間だ。

本人にしてみれば、特別作っているわけではないだろうに、いるだけで場が華やぐというか、自然と人目を惹いてしまう。それなりに悩んだり考えたりもしているだろうが、それはふつうの人とはちがう部分で、ふつうの人がうだうだ後ろ向きに悩むようなところでは、スコンと突き抜けている。マイペースでやっていくだけの強さが具わっていて、それもまた魅力に通じている。

「たしかに貴史ならば、悪ぶって悦に入るところがあったわね。ふたりきりの姉弟だから、特にわたしには言いたい放題で『女がおれをほっとかないんだよ』『どの子もかわいくて、ひとりになんか絞れない』『色男はつらいぜ』なんて、いつも言っていました。今思えばうんと子どもだったんだわ」

「では、女がほっとかないんだと豪語していたのに、『あさきゆめみし』を手にしていた貴史さんは、お姉さんにからかわれたとき、らしくない反応をとったのですね？　自分は光源氏じゃないと、ムキになって言い張った。さらにその前後からずっと、真面目に勉強して女の子も遠ざけていた。なんか妙だとは思いませんか？　さっき話に出たように、慣れない古典漫画を持っていたことといい、急に真面目になったことといい、そこに何か特別の理由があったのではないかと、私は思うんですけれど」

「特別な理由──」

「ええ、でも、本人にとって『特別』であって、世の中ではありがちの……」

「わかった！」

はからずも、杏子と理沙は同時に叫んだ。

「好きな人がいたんだ」

「恋！」

「その人が古典を選択していたとか」

「たんじゅーん」

理沙の言い放った一言に、「だって高校生ですよ」と、多絵は苦笑いを浮かべる。

「弟さん、きっと遊びでない本命に行き当たったんですよ。だから光源氏を気取る気にもなれないし、ちゃらんぽらんなイメージを一新したかった。そしてあの歌。額田王の詠《よ》んだ、麗《うるわ》しい恋の歌です」

その言葉に、あさっての方を向いていた樫村教授が振り返った。思わずという様子で問いかける。

「額田王？　どうしてその名前が出てくるんだい？」

「貴史さんは、お気に入りのものを大事にファイルしていたそうです。その中でももっとも大切にしていたお宝帳に、額田王の歌が手書きされた紙切れが、はさまっていたんですよ」

多絵が説明し、杏子がその歌を諳《そら》んじた。

「茜さす　紫野ゆき　標野ゆき　野守は見ずや　君が袖振る……。教授もよくご存じの歌ですよね」

教授の顔つきが変わり、目を大きく見開く。驚いているらしい。多絵はそんな教授に笑いかけた。

「昨日、杏子さんに教えてもらったんです。この歌の訳って、『そんなにあからさまに手を振ったら、目立ってしまうじゃないの、大胆な人ね』という感じだそうですね。相手の行動をたしなめるニュアンスの歌だとか。合ってますか、教授」

樫村教授は眉間に物憂げな皺を寄せ、もごもご口を動かした。成風堂の店内にいるとき、きちんとした接客態度ではきはき受け答えをする多絵は、実は教授の大のお気に入りなのだ。そのお気に入りにいつもの調子で話しかけられ、たじろいでいる。

「ねえ多絵ちゃん、この歌にも意味があるのかな。ほら、そもそも和歌って、裏にいろんなメッセージが隠されているじゃない？」

「だったら、なんだと思いますか」

「そうだな……」

考えこむ杏子を尻目に、理沙が横から口をはさんだ。

「昨日の説明では、ピクニックのようなお出かけ先で詠んだ歌、とのことだったでしょ。高校でピクニックといえば修学旅行かしら。そこで知り合った人っていうのはどう？」

「それでもいいんですけれど、この歌からすると、ふたりの仲はすでにある程度、親密だったと思うんですよ。光あふれる野原で、片一方があからさまに手を振っているわけですから」

「ああ、そうか。ねえ、この歌を詠んでいる方、つまり手を振られている方は、相手に向かってけっして『ヤッホー』っと応じてはいないのね？」

「ええ、大げさに手を振っているのはひとりだけです」

それこそ理沙は両手を広げ、大げさに肩をすくめた。

「迷惑がられていたのかしら。やだわ。貴史はどこかで好きな人に手を振った。でも相手はそれを喜ぶどころか、『こんなところでやめてよ』と不快がった」

「いいえ、ちがいますよ」

多絵は明るい笑顔ですぐに首を振った。

「私もちょっと調べてみたんですけれど、この歌は相手の行為を本気で怒っていません。たしなめながらも、まんざらでもないニュアンスです。きっと全身で好きだよと言われ、嬉しかったんですよ。けれどみんなの手前、自分は応じることができない。そういう立場にいたんだと思います」

ここで杏子がおもむろに「はいっ」と手をあげた。

「彼のようにもてもての男が人目も憚《はばか》らず手を振ったのに、相手は余裕でかわしたんだね。それに対し、彼はたしなめられても憤慨せず、ご丁寧に紙切れを宝物としてファイルにはさんだ。そんなに好きだったのかな」

「高校生の男の子なら、ふつうはもっと変にプライドが高いですよね」

「うん。もしも同学年なら、そんなに素直になれないんじゃないかな。ということは……」

「年上？」

理沙がにわかに身を乗り出した。多絵は慎重にうなずく。

「年上といっても、上級生だったなら、彼が高三のときすでに卒業しているはずです。人目を憚らなくてはならない理由は考えにくい。学校で、片方には特別の立場があって、内緒の恋人同士といえば、そりゃもう……」

「先生と生徒！」

まさに杏子の中で、人を惹きつける天性の魅力を持った少年が、白い鉄筋の校舎に囲まれた渡り廊下を闊歩《かっぽ》し、すれちがいざまクラスメイトと冗談を交わし、グラウンドを見下ろす階段の上に立った。

イメージが次から次に浮かんでくる。吹きこむ砂まじりの風を受け、どこからともなく聞こえてくるざわめきを、学ラン姿の男の子が全身で浴びている。体育館がすぐそばにあって、水飲み場があって、芝生の中庭はまぶしくて、校舎の窓が光を受けてきらきら光っている。チャイムとホイッスルの交錯する校庭。ポケットの中には新しい時間割表。もうすぐテストで、宿題とため息と。

会ったこともない人がリアルに動きだし、杏子は見とれるように目を細めたが、そのすぐそばで理沙がまったくちがう反応をとった。

「先生——ですって？」

そう言って、強《こわ》ばる。

「まさか、弟が息を引き取る間際に何度も言った『先生』という言葉、あれは好きな人のことだったの？　あの場に居合わせた、病院のお医者さまではなく？」

理沙は震える両手で口を覆い、切れ長の瞳を大きく見開いた。

「ぜんぜん知らなかった。今までずっと、弟にそんな人がいたなんて、思いもしなかった。わたしたちはあの子の最期の言葉を誤解していたの？　そんなの、いやよ。そんなの信じられない。誰も教えてくれなかったもの。そう、もしもほんとうにつき合っている人がいたのなら、その人自身も何かしら言ってきたはずよ」

「言えなかったんじゃないですか？」

杏子はとっさにそう言って、なだめるように理沙の腕に手を触れた。

「これは想像ですけれど、弟さんは学校きっての人気者だったんですよね。突然の事故死とあっては、そりゃもう大騒ぎだったと思います。嘆きを素直に出してパニックに陥る子もいたでしょうし、自分こそ彼の想い人だったと、自分勝手な物語に入りこんでしまう子もいたかもしれません。もしもそういう生徒がいたら、先生という立場上、フォローしなくてはならないかと……」

後を追って死にたいと口走る子をなぐさめ、家の人とも相談し、ケアする。混乱をしずめ、教え子の間を奔走し、学校を正常に戻す。先生ならばそういう行動を取らざるをえなかったはずだ。

「だけど、それでもやっぱり……」

理沙はきつく握りしめた手をテーブルの上に押しつけた。

「言ってくれればよかったのに。弟がそれほど想っていた人ならば、わたしだって会ってみたかった。どうして黙っていたの。結局、口を閉ざしたきりでしょ。あの子の霊前で、手のひとつも合わせてほしかった。うちには一度も来なかったはずです。わたし、あの頃ずっと家にいたもの。訪ねてきたのは受け持ちだった先生方ばかりで、年上の、和歌が似合いそうな女の人はいなかった」

ウェイトレスがやってきて、コップに冷たい水を注いだ。緊張は少しも和らぐことなく、理沙の声がいっそう低く震える。

「二十年前、いったい何があったの？　何がどうなっていたの？　気づかずにいたことがあるのなら全部知りたい。見逃すなんていや。あの出来事が、わたしたちのすべてを変えてしまった。

たったひとりの弟をわたしは永遠に失い、母だってずっとずっと心残りでたまらなくて……」

「お姉さん」

「貴史はなぜ死んでしまったのかしら。どうしてよりによってあの子だったの？　事故って何？　ほんとうに事故だったの？　車を運転していたのは誰で、どうしてわざわざあの子をはねたの？　恋の相手がほんとうにいたならば、なぜ沈黙を守り通したの？」

四人の囲むテーブルの真ん中には、印刷されたコミック版の表紙。二十数年にわたり読み継がれてきた大ベストセラーだ。理沙は思い出したようにそれを凝視する。

「源氏物語なら、わたしだって少しは知っています。母が唐突に買い求めたという本も、昨夜ぱらぱらめくってみました。きちんと読み切ったわけではありませんが、この中にも年上の恋人が出てきますよね」

押し黙っていた樫村教授が、それを聞くなり険しく眉間をゆがめた。

理沙の言う通り、源氏物語には多くの年上の女性が出てくる。『あさきゆめみし』の第一巻にも三人が登場する。永遠の憧れの人、藤壺の女御と、正妻にあたる葵《あおい》の上。そして六条の御息所《みやすどころ》だ。

「この一巻の中でも、殺人は行われます。犯人は年下の恋人の移り気に心を狂わせ、嫉妬のあまり物《もの》の怪《け》になってしまう哀れな女性。恋によって、人は人を殺すんだわ」

「お姉さん――理沙さんと言いましたね。お気持ちはわかりますが、そこまでにしましょう」

杏子と多絵も何か言おうとしたが、それより早く教授が口を開いていた。

「あれは事故ですよ。二十年前、見通しの悪い四つ角を、猛スピードで突っこんできた乗用車が、前途有望な少年の命を奪った。憎むべきドライバーは卑劣にも逃走したきりだが、あれは、何も弟さんを狙っての故意の事件ではない。どうかその事実をゆがめないでください」

「でも――」

理沙は挑むようにきつく教授をみつめた。そうしなければ、こみ上げるものに押し流されてしまう、そんな脆《もろ》さで唇を噛む。

「沢松の想い人は、上田《うえだ》先生と言いました。上田美香子《みかこ》先生です」

「ご存じだったのですか」

樫村教授はウェイトレスにコーヒーのおかわりを注文し、おもむろに深い吐息をついた。

「あなたの弟さんが入学してくるのと同時期に転任してきた古典の先生です。理数系を選択していた沢松とは、授業を介してのつき合いはなかったと記憶してます。だが、どこかで関わりを持ち、いつの間にかふたりは想い合うようになっていた。上田先生は二十代半ばの、聡明でなかなかチャーミングな女性でした。沢松はいい趣味をしている。先生と生徒が深い仲になるのは、それこそ古今東西多々あることだ。手放しで推奨はできないが、私は否定もしません。人それぞれだと思っている。だからこうしてついつい口が重くなってしまうのは、実は別の理由があるんです」

新しいコーヒーに口をつけ、教授はひどく遠い目になった。杏子と多絵は思い出したようにそれぞれの飲み物で喉を湿らせた。

「上田くんは非常に苦しんでいました。相手が生徒というのもあるが、あの沢松貴史だったというのが大きい。やつは特別すぎた。彼女はね、今に自分が、六条御息所のようになるのではないかと本気で怯《おび》えていました。彼女は不器用なまでに純情でまっすぐで、賢く思慮深い反面、恋にちっとも慣れていなかった。距離をおくなどとてもできないと、私の目の前でいきなり泣きだすくらい激しく、あの年下の少年に惹かれていた。そしてそういう自分を、心から怖れていた」

　学校きってのアイドルには、絢爛豪華な艶話《つやばなし》がたえずつきまとった。一夜を共にしたと吹聴《ふいちょう》する子もいれば、しなだれかかって露骨に誘う子もいる。お人形のようにかわいらしい子が頬を染めて傍らに寄り添い、他校生も群がる。先生は「気にしないふり」をするのが精一杯だった。

　額田王の歌を送った頃はまだよかった。直《じき》に、余裕がなくなる。でも、それが素直に出せない。年下の女の子たちに嫉妬し、気も狂わんばかりの自分をひた隠しにした。

「一番好きだと無邪気に言われても、大人というのはねえ、そう手放しで喜ぶことのできない哀しい生き物じゃないですか。私にしても気の利いたことは、何ひとつ言えなかった。彼女がどうすればいいのかわからないように、私にもわからなかった」

　情けない話ですがと、教授は自分の手を組み直した。

「十七、八という子どもゆえに移り気で、気紛れで、どうしようもなく残酷なことが平気でできてしまう伸び盛りの少年が、どの程度本気で年上の女を愛せるものか。私にはあの頃わからなかった。信じてよいなどと、とても言えなかった。まして相手は、望めばなんでも手に入れてしまうような、天性の恵まれた資質を持ち合わせていた。ひとりの女を愛し抜き、ささやかな実りに幸福を感じ、心から満たされるような平凡な一生など、どう転んでもふさわしくないように思えてしまったんですよ」

　いつか捨てられる。すがりつくだけの、みじめな女になってしまう。愛《いと》しい恋人は古い衣服を脱ぐように自分を忘れ、手の届かないところに去っていく。源氏物語の中で、そうやって六条御息所は苦しみもがき、光《ひかる》の君《きみ》の恋人と妻を呪い殺すのだ。

「上田くんがもっと厚かましい女だったらよかったのに。もっと図太く構えていられたら、あんなにもボロボロにはならなかったろうに」

「貴史は、先生の気持ちに気づいてなかったんでしょうか」

たまりかねて理沙がたずねた。

「さあ。男なんて単純で鈍感ですからねえ。ただあるとき源氏物語について、やつがしつこく私に話しかけてきたことがあった。それならばいいものがあると、漫画を貸してやりました。その表紙と同じ本ですよ」

「教授が貸したんですか」

飛びつかんばかりの杏子の声に、初めて教授が愉快そうに笑った。

「しばらく経ってひょいと返しに来たよ。でも感想めいたことは何も言わず、そっけないものだった。今、ここで初めて知った。おれは光源氏じゃない、そう言ったのか。ちがうと言い張ったのか」

微笑んだ教授の目元がゆっくり潤んでいく。

「あれがどんな大人に成長するのか、どんな生涯を歩んでみせるのか、見てみたかった。いかにも光源氏のように特別な輝きを持っていながら、そんなものではないと否定したのなら、いったい何をその心に描いていたのだろう。知りたかった。もっと長く深く関わってみたい、実におもしろい子どもだった」

教授は行き過ぎる思いを抱き留めるようにして、「お姉さん」と理沙に呼びかけた。

「上田くんはたしかにお宅には伺っていないでしょう。墓参りには行ったようですが、それだけだったと私も思います」

理沙の声音も変わっていた。なぜ来なかったと責め立てる言い方はしない。

「その先生は今、どちらに？」

「あのあとすぐ、郷里に帰りました」

「郷里……」

「事故に関わる混乱が一段落する頃、彼女の方が精神的にも肉体的にも保《も》たなくなりましてね。山形の実家に戻りました。じっさい私など力不足もいいところで、未だに忸怩《じくじ》たる思いです。気を利かせ、うちのかみさんが話し相手になっていました。それもあってか途切れがちではありますが、ぽつぽつと年賀状のやりとりは続いています。いつだったか子どもがどうのこうのとあったから、結婚したのかもしれません」

元気で暮らしているならそれでいいと、教授夫妻は毎年、自分たちの近況などしたため年賀状を送っているそうだ。

一連の話を聞き、杏子は今さらのように息をついた。

無謀な一台の車がひとつの命を奪い、多くの人間の運命を狂わせた。二十年経った今でも薄れることなく傷は痛み続け、無念さをかきたてている。ひとつの命はそれほどに重く深いのだ。

「それで……あの……肝心の母なんですけれど、いったいどこに行ってしまったのでしょうか」

理沙のもっともな問いかけに、多絵が応じた。

「『先生』のもとですよ」

「母もこの漫画の意味に気づいたということかしら？」

「おそらくそうだと思います。沢松さんは『源氏物語の漫画化』という女子高生の言葉に反応しました。たぶん息子さんが持っていたコミックを思い出したんでしょう。その場で買って帰り、家でページをめくっているうちに、和歌のやりとりに目を惹かれた。お宝ファイルにはさまれていたという『茜さす……』の歌は、沢松さんもご存じだったのですよね？」

「ええ。でも当時は他にも気になるものがいろいろあって、あれこそが正真正銘の特別だとは思いもしませんでした」

源氏物語の時代は恋人同士が和歌に思いをたくし、贈ったり贈られたりしている。沢松夫人は教養あふれるインテリ婦人だ。あらためてあの歌を思い起こせば、恋の相手が年上であることに気づいたとしてもおかしくはない。

「沢松さんはこの土地の方です。もう何十年もひとつところで暮らしている方です。そういう女性ならば、さまざまなネットワークを持っているかと思うんですね。そして、これは私のまったくの憶測ですけれど、似たような年代で地域もいっしょとなると、樫村教授の奥さまとだって何かしら繋がりがあるかもしれません」

「うちのやつと、かい？」

多絵の言葉に、教授はあやうくコーヒーカップを倒しかけた。

「知り合いの知り合いというような間接的な繋がりかもしれませんが、それで充分です。沢松さんは、当時西が丘高校で教鞭を執っていた先生方の情報がほしくなった。そういうとき、心のうちをこっそり話すことができる同年代の奥さまって、すごくありがたいと思うんですよね」

「そりゃ、その……かみさんも気にはしていた。私たちには子どもがいなくてね、親の気持ちというのがわかりにくい。年若くして亡くなった我が子に、実は恋人がいたというのを、知りたくない親御さんもいるかもしれない。当時そんなふうにも思って、私たちは口をつぐんでしまったけれど、かみさんはあとあとまで気にしておった。もしも自分に子どもがいたら——愛にも恋にも恵まれてほしい。それを知らない寂しい一生を送ってほしくないと……」

年賀状のやりとりがあるならば、上田先生の住所もすぐに教えられる。教授の奥さんにしてみれば、積年の胸のつかえを下ろしたかったのかもしれない。

痛みが続いていても、無念さに変わりがなくとも、確実に時は流れているのだ。今ならば当時の思いを、少しでもやさしく慰めることができるのかもしれない。

『先生は――どこ?』

『先生を呼んで』

『おれのそばにいて』

苦しい息の下、最期までくり返したという切なる声を、受け取るべき人がこの世にちゃんといるのだ。

「このところかみさんのやつ妙にそわそわしていたからな。急に『男にはわからない』などと言い出して。あれはもしかして……。ったく、昔から肝心なことになると出し惜しみするやつだ」

「上田先生という方は山形にいらっしゃるのですね。でしたらわたし、行ってみます。弟の好きだった人を見てみたい。遠くからでいいんです。その人の今の幸せに、水を差すつもりはありません。母もきっとそうだと思います」

鼻をすすりながらも理沙が気を利かせ、飲み物のおかわりをたのんだ。時計の針はいつの間にか午後八時をまわっていた。

喫茶店の窓の外、イルミネーションに照らし出されたアスファルトの歩道を、制服姿の高校生たちが賑《にぎ》やかに行き過ぎる。堂々と手を繋ぎ、楽しげに頬寄せ合うふたり連れもいる。

一番好きだよと、相手に向かい囁いた子はいるだろうか。相手の心変わりを案じ、不安に震えている子はいるだろうか。信じているよと言いながら信じられず、それでも祈らずにいられない子がいるだろうか。

夜の街にのまれていく人々の後ろ姿を、杏子は黙って見守った。

『あさきゆめみし』を購入した沢松夫人は、あれに何を見たのか。

ほんとうに山形に行ったのだろうか。

そこで上田先生をみつけることはできたのだろうか。

音信不通になってしまった肝心の理由とは?

杏子の抱えていたいくつかの疑問は、それから数日後、すべてきれいに解消された。

理沙から報告が入ったのだ。

そして杏子も多絵も、沢松夫人が音信不通だった理由に、大きく納得せざるをえなかった。

婦人はやはり山形に向かい、早世した息子の想い人にたどりつくと同時に、なんと息子の忘れ形見に遭遇したのだ。上田先生は二十年前の事故のあと、学校を辞めて故郷に戻り、そこで年下の恋人の血を引く男の子を出産していた。それから女手ひとつで息子を育てあげた。

婦人はこの親子をみつけ、それこそ天と地がひっくり返るような衝撃に見舞われた。ふたりをみつけた彼女は、その少年の容姿から、それがいったい誰なのかを一瞬にして理解した。なんといっても相手は、亡くなった息子とほぼ同じ年にまで成長している。

混乱し、動転し、旅館にたどりついて発熱し、熱が下がっても朦朧とし、それこそストーカーのように先生の家のまわりをうろついているところを、理沙に捉まった。

「アマゾンの奥地で、クラーク・ゲーブルに出会った気分だったのよ」

これが婦人の談だそうだ。

一ヶ月ほどして、やっと身も心も全快した沢松夫人が、山形土産を手に成風堂に現れた。たまっていた定期購読の本を受け取り、しっかりアマゾン&インカの本を注文していった。予定通り出発するらしい。

「いつか孫をつれてくるわね。すっごいハンサムなんだから。その前に……ねえ、見たい？」

バッグの中から写真の束がのぞく。

「見たいです、見たいです、見たいです！」

「あら、この前行った、中国パンダの写真よ」

「嘘でしょう、お孫さんの写真ですよね」

ちょっぴり恥ずかしそうな、でも誇らしげな婦人の笑みに、杏子も多絵も大喜びで急《せ》かした。

あの沢松貴史の血を引く子だ。光源氏を否定した彼が、緑輝く野原で大きく手を振り、たったひとり愛した年上の女性との間に残した子。もしも事故に遭わず生きていたなら、なんとも若い父親が誕生していたことになる。

「わー、かっこいい」

「笑顔がキュート。沢松さん、腕を組んでますね」

「あなたたちにも、組ませてあげるわ。お世話になったから」

「やった！」

もうひとつ後日談がある。

沢松貴史にゆかりのある人々が顔を合わせ、墓参りに出かけたおり、樫村教授は貴史の残したお宝ファイルを見たという。ちなみにこれは沢松夫人から上田先生に贈られることになった。

「ファイルには、たしかに上田くんの贈った額田王の歌が入っていた」

「茜さす……ですね」

「それに対し、沢松は返歌を寄せていたんだよ。自作ではないが、百人一首の中から選んだ歌がつたない文字で添えられていた」

なんて？　と、杏子は身を乗り出す。

「会いみての　のちの心にくらぶれば　むかしはものを　思わざりけり」

「うっ、殺し文句」

多絵が騒いだ。

「だろ？　自分が死んでから二十年も経って、まぁだ女を口説いておる。おかげで上田くんはまたメロメロだ。ほんとうにもう、油断もすきもあったもんじゃない」

週刊誌とコミックを抱えた女子高生たちが賑やかにレジにやってきた。お決まりの茶髪に化粧、ミニスカート、ブランド物の財布。教授と顔なじみらしく、「せんせー、なにやってるのー」などと舌ったらずの口調で話しかける。

クラーク・ゲーブルに少しも負けてないと言い張る自称「色男」が、にこやかに応じる。

「命短し、恋せよなんとやらというあの名言について考察を述べていたんだよ。君たちも、聞きたいかい？」

配達あかずきん

検品の終わった文庫の新刊を台車に載せ、杏子はお腹に力を入れた。持ち手をぐっと押して、フロアの通路をそろりそろりと進む。

そのすぐわきを、ビニールバッグをぶら下げたお客さんが行き過ぎた。つるつるにコーティングされたバッグの表面には、丸い水滴がいくつもついていた。

ふとそれに目を留め、杏子は台車にかけていた力を緩《ゆる》めた。顔を上げフロアを見渡すと、すぐそばに、背広の肩を濡らしたサラリーマンが立っていた。広げて使ったと見える折り畳み傘を乱雑にまとめ、手に提げている女性客もいた。

雨が降ってきたらしい。

月初めの火曜日。壁に掛かった時計に目をやると、午前十一時を少しまわったところだ。杏子は再び文庫を載せた台車を押しながら、朝のテレビでやっていた天気予報を思い出した。曇りときどき晴れで、雨マークは出ていなかったはず。降水確率も終日低かった。早番だったので八時前に自宅を出たが、そのときも雨具の心配をするような雲行きではなかった。

いつ天候が変わったのだろうか。

杏子の勤め先である成風堂は駅にくっついたビルの六階にあり、フロアに窓がまったくない。おかげでいきなりの夕立も、鮮やかな晴天も、台風も大雨も大雪も、店にいる限り何もわからない。

来店するお客さんの衣服が濡れていたり、傘から雫《しずく》が垂れていたりして、ようやく雨が降りだしたことに気づく。反対に雨の中を出勤した日は、傘を持たない人が増えたのを見て、天気の回復を感じ取る。

休み時間に使っている従業員休憩室には大きな窓があるが、それまではまわりの様子で察するか人伝《ひとづて》に聞くだけで、直に天候を目にすることはない。

すぐにやむ通り雨だろうか。

それとも天気予報の大はずれで、これから本格的に降りだすのだろうか。

杏子はそんなことを考えながら台車を新刊台の横につけた。火曜日は文庫を担当している内藤が休みの日なので、杏子が品出しを受け持っている。昨夜のうちに気を利かせ、内藤が新刊のためのスペースを作ってくれたので、そこに並べるだけの作業だが、杏子は腰に手を当てておもむろに平台と台車を見比べた。

この「並べる」という作業がけっこう難題だ。

今日発売になった文庫は三十点近い。はじから順に置けばいいというものではなく、微妙に法則がある。タイトルと作者名、入り数を考慮しながら、売れ筋は取りやすい場所に目立つように積み上げて、それとなく男性向け、女性向け、小説、蘊蓄《うんちく》本とエリアを分けていく。時代小説は年輩客が多いので、そういった人たちが探しやすい場所というのも配慮しなくてはならない。

通《つう》は平台を見ただけで、その本屋の個性と担当者のセンスを見切る――と言われているが、さすがに杏子にはそこまでわからない。

とりあえず、多いものの位置から決めていこう。

自分に言いきかせるようにして、杏子は一番入荷数の多かった大御所の本に手を伸ばした。新刊目当てのお客さんがもう来店している時間だ。ぼやぼやしていられない。

パズルのような配置に悪戦苦闘していると、レジ台の後ろにある電話が鳴った。パートの女性がすかさず出て、しばらくなにやら話していたが、ふいに杏子の名を呼んだ。

「私？」

パートさんは困惑した表情で受話器に出るよう合図をよこす。

朝っぱらからクレームだろうか。とっさに曇らせた顔を見て、彼女は曖昧な笑みで首を振った。

「ヒロちゃんですよ。なんだかちょっと、私には言ってることがわからなくて。杏子さん、替わってください」

「ヒロちゃん」こと吉川博美なら、ついさっきまでそのあたりをうろうろしていたけれど。

「あの子、配達に行ったんですよ。この電話も外からです。何かあったんじゃないですか」

文庫どころではない。また何かしでかしたのかと、杏子はあわててレジの後ろにまわりこみ、受話器を受け取った。

「もしもし」

（ああ、杏子さん？）

緊張感のない、のほほんとした声が応じる。

「どうしたの？　何かあったの？」

（それが大変なんです）

「どう大変なの。わかりやすく話して」

（もう私、どうしていいかわからなくて。どうしましょう）

「だから、何が」

（雨です）

「は？」

（急に雨がザーザー降ってきて、困ってしまって。あと二軒、配達が残っているんですよ。いつもの黒いビニールバッグに入れてくればよかったんですけれど、今日は量が少なかったので腕に抱えてきちゃったんです。それで、紙の袋も今、むき出しで。これでは濡れてしまうかもしれません。濡れたらまずいですよね。どうしたらいいでしょうか）

「ああ、雨か」

杏子は脱力半分、ほっとしたの半分で深いため息をついた。

博美は杏子よりふたつ年下、今年二十二になるフリーターの女の子だ。短大卒業後、就職した会社が倒産してしまい、次の就職先のあてがなくバイトでいいからと成風堂に転がりこんできた。自宅も近く、朝からの勤務も可能で、大して高くもない時給に難色も示さなかったことから、すんなり早番勤務として採用された。

与えられた仕事をこつこつこなす実直なタイプで、無愛想というほどでもないが口数は少ない。外見は華奢《きゃしゃ》で色白で、ふんわり夢見るようなあどけない顔立ち、とても二十二には見えない。美少女という言葉がごく自然に浮かぶような、もしかしたら成風堂一の美人なのかもしれないが、非常におっとりしていて、よく言えばマイペース、ふつうに言えば異次元の亀。ポカが多く、うっかりが多く、とんちんかんが多く、本人は一生懸命頑張っているつもりのようだが、まわりはいつもはらはらさせられる。

今も、あかずきんちゃんを送り出した母親の心境になりかけて……杏子はあわてて気持ちを引き締めた。

「それで今、どこにいるの？」

（三日月館《みかづきかん》です）

商店街の中にある喫茶店だ。火曜日だから週刊誌を一冊、配達に行ったはずだ。

「ひょっとして、そこの電話をお借りしているの？」

（ええ、そうなんです。困っていたらマスターがいいよと言ってくださって。ああ、今すぐそこにいらっしゃいます。コーヒーのブレンド中だとかで、とってもいい香り）

のんきだ。

通常、配達に行くときは私物を持たない。したがって個人的な財布や携帯電話も所持していない。場所や日にちによっては集金もこなすので、小銭を持たないわけではないが、たとえあったとしても手をつけるわけにはいかない。あくまでも店の売上金なので、勝手に使う行為は極力避けるべきだ。

だがそうはいっても、配達先のお客さんの電話を借りるというのも、それはそれでまずい。

「お礼をちゃんと言わなきゃだめだよ。それと、電話代はあとでお返ししますと伝えてね」

（はい……）

「私が今、傘を持ってそこに行くから、待っていて。他に……大丈夫？　何かドジはやってない？」

（やだ。やってませんよ。それより杏子さん、あの本、やっぱりお求めになっていらっしゃいました よ）

「本って？」

（さっきそこで偶然お会いしたんです。そしたらもう、ちゃんとお持ちでした）

「待ってよ。なんのこと？」

聞き返したとき、受話器の向こうでほがらかな男性の声がした。博美がやけに陽気に話している。

（杏子さん、傘ならマスターが貸してくださるそうです。そういう用事なら早く言いなさいと、叱られてしまいました）

「あんたねえ……」

初老のマスターが人の良い笑顔で傘を差し出すところが、杏子にも見えるような気がした。博美はかわいい顔の女の子だ。でも人のご機嫌をとったり、媚《こび》を売ったりができるような気の利いた子ではなく、仕事のポカは多いがだれに対しても分けへだてなく誠実で、人間的には信頼できる。そのあたり、人に接する商売であるマスターにはよくわかっているらしい。

「ヒロちゃん、大丈夫なんですか？」

杏子が受話器を置くと、パートの女性が心配そうにたずねてきた。

「雨が降ってきたからどうしましょう、っていう電話だったんですよ。また何をしでかしたのかとドキドキしたから、がくっと気が抜けちゃいました」

「ああ、急に降ってきたみたいですね。ひどいのかしら」

「ええ、でも三日月館のマスターが傘を貸してくれるそうです」

「あそこのマスター、優しいから」

成風堂は現在、二十軒ほどの配達先を抱えている。そのうち半分は駅前周辺の徒歩配達圏で、残りは男性社員がバイクで届けている。週刊誌、月刊誌、相手によって組み合わせがすべて異なるので、まちがえないよう準備するのは至難の業だ。本によっては通常の発売日より一日前に入るものもあり、気がつかないうちに取り損ねることもある。

毎朝毎朝、その日の入荷リストと配達分をつき合わせ、一軒ごとに調えていくのも気を遣う作業だが、それらを受け取り、駅周辺の各店舗に届けるのはバイトやパートの役目であり、これはこれで大変なのだ。

原則として雨の日も風の日も、猛暑の日も酷寒の日も欠かすことはできない。今のところ成風堂では、配達業務は早番の人たちが曜日ごとに受け持っている。

博美の電話がきっかけとなり、レジまわりでは配達先の話に花が咲いた。エレベーターのないビルの三階にある美容院や、タバコの煙がたちこめる喫茶店、次から次に注文する本を替える銀行、一軒だけぽつんと離れた床屋、集金の日はなかなか出てこないオーナー、居合わせた従業員が気安く本を頼むブティック。

いろいろありますよねえと、最近配達から遠ざかっている杏子が相槌を打つと、その中のひとりがにわかに身を乗り出した。

「でも一軒だけ、別格がありますよ。あそこなら喜んで配達に行っちゃいます。ええ、もう毎日でも」

まわりのみんなは、すぐにその意味がわかったらしく、口々に「私も」と言いだした。

「そんなに人気のところがあるの？」

「ありますよ、杏子さん、あそこですよ、あそこ」

「どこ？」

「バーバー・ハーレム！」

一斉に華やかな笑い声があがった。

本を持ったお客さんが歩み寄ってきたので、みんなあわてて「いらっしゃいませ」と営業用の声を揃え、何事もなかったように接客に戻ったが、顔には「ハーレム万歳」と書いてある。

もちろん正式名称はちがう。「ハーレム」とは成風堂の誰かがおもしろがってつけたあだ名で、すっかり定着してしまった。「バーバー」というのはほんとうで、要するに町の床屋なのだが、どういうわけか若くてハンサムな理容師が多い。

これについては杏子もよく知っていた。毎回の配達はパートやバイトに任せているが、まったく足を運ばないわけではないし、ときには向こうの経営者が成風堂に立ち寄ることもある。

「そんなにみんな、あそこに行きたいの」

「だって、目の保養ですもん」

客注本をより分けていたバイトの子が、ウフフと含み笑いをもらした。

「なんであんなかっこいい人ばかり、あの店に集まるんでしょうねえ。不思議ですけど、すばらしいことですよ。美形密度の高さでいったら、このあたりでかなう店はありませんね。しかも顔だけじゃなく、みんな明るくて爽やかで、オーナーを中心にすごくよくまとまっている感じなんです」

「あれが理髪店でなく、美容院だったらなあ。ぜったい常連になるのに」

レジからも賛同のため息がもれる。

「お客さんにはなれないから、せめても配達なんですよ。あそこに行くと、ドアを開けた瞬間、ハンサムな男の子たちが一斉にふり返り、『いらっしゃいませ』コールがあるんです。華やかというか、贅沢というか。こちらが本屋の店員だとわかると、それはそれで人なつっこく笑いかけてくれて、『待っていましたよ』だなんて。もうすごいですよ。お店の中もシックでありながら、白や金の飾りがちりばめられていて、なんだか都会の宮殿。とびきりスタイリッシュなハーレムみたい。まあ……その、一番あそこに行く機会の多いヒロちゃんは、まるっきり興味がないみたいですけど」

「ああ、ヒロちゃんね」

博美は以前、かのバーバー・ハーレムで受けた本の注文をころっと忘れてしまい、大騒ぎを起こしたことがある。男性向け雑誌の増刊号で、彼女が思い出したときにはすでに完売したあとだった。取り寄せようにも出版社に在庫がなく、四方八方手を尽くしてやっと一冊入手したものの、いざそれが手元に届いてみると、今度はどこの配達先で受けた注文なのかわからないと言い出し、さらに揉《も》めた。

どこを忘れてもハーレムだけは憶えていてしかるべきなのにと、女性スタッフたちから大いにあきれられたのだ。

盛り上がっていると店長までも口をはさんできた。

「なんの話？　床屋って、ああバーバー・キングのこと？」

「なんですか、それ」

正式名称はあくまでもバーバー・K《ケイ》だ。

「あそこのオーナー、トランプのキングみたいだろ？」

冷ややかな目で店長を見た女性たちだったが、すぐになるほど、という顔になった。バーバー・Kの代替わりしたオーナーはまだ若く、三十代半ばだろうか。すっきり整えた黒髪で、口元に蓄えた髭と鋭い眼光、彫りの深い顔立ちから、まるでアラブの王様のような風格すらある。

「ひょっとして店長、あそこで散髪していたんですか」

杏子がそうたずねると、店長は肩をすくめた。

「してたよ。遅番の日に、ここに入る前に寄るとちょうどよかったんだ。でも、ちゃらちゃらしたホステスみたいな男がいてさ。いやになった」

「いませんよ、そんなの。美形だけれど硬派なんです」

「いたとしても、それはホステスではなく、ホストです」

杏子は騒ぎを後目《しりめ》にレジから離れ、文庫のコーナーに戻った。

バーバー・Kは切れ者のオーナーが若い技術者を揃え、東口の第一ビルに大きなフロアを構えている。経営的にも安定しているのか、いつも華やいだ活気にあふれている。

他に配達している理髪店は二軒、あとは銀行やら、生命保険会社やら、喫茶店やら。あれこれ思い浮かべているうちに、杏子は西口にある一軒の美容院を思い出して、文庫を一冊すべり落としかけた。あわてて持ち直し、他といっしょに積み上げげながらも、やりきれない思いにかられる。

「ノエル」というその美容院は今、とんでもない苦境に立たされている。

先週の水曜日のことだ。ノエルに来ていた常連客がパーマをかけている最中、婦人向けの月刊誌を開いた。なじみの美容院で上客としてもてなされ、パーマ液がしみこむまでの時間、その女性はのんびりコーヒーでもすすりながら、気に入りの雑誌を手に取ったのだ。

ところがページをめくったとたん、目を疑うようなものが出てきた。その人を盗撮した写真と、「ブタはブタ」というマジックの殴り書き。

女性客は烈火のごとく怒りだし、誰の仕業かはっきりしろと店の責任者に詰め寄った。店側としても、もちろんそれは大変な不祥事だ。すぐさま犯人捜しに乗り出したが、未だになんの進展もないという。

美容院の中の出来事とはいえ、成風堂が配達した本も少なからず絡んでいる。杏子の気持ちは重かった。苦しい立場に置かれているであろうノエルの店長とも面識があった。三十過ぎのしっかりとした女性で、任されている店を細やかな気配りで切り盛りしていた。

以前に一度だけ配達する本をまちがえてしまったことがある。そのときのやりとりも明瞭で歯切れよく、差し替えるのは翌日でいいと言ってくれた。ちょうど雨風の強い悪天候の日だったので、心の底からありがたかった。中には頑として「今すぐ持ってこい」と言い放つ人もいるのだ。

あの店長がやり玉にあがっているのかと思うと、杏子の胸はよけいに痛んだ。何事もなかったように、通常の配達を続けているけれど。

いったい誰がそんな悪質な悪戯《いたずら》をしたのだろう。

盗撮写真ということは、悪戯ではすまされないのかもしれない。

のろのろと手を動かしていると、また電話が鳴った。今度はレジが混雑していて、あいにく誰も出る人がいない。急いで電話の方に向かい受話器を取ると、相手は渋い声の男性だった。

（おたくの従業員に、吉川博美さんという方はいますか）

「はい。おりますけれど」

（では今すぐ、どなたか来てください。駅の事務所まで）

「あの……吉川が何か」

（駅の階段から落ちたんですよ）

「え？」

とっさに言われている言葉の意味がわからなくなる。

「あの子なら、ついさっき電話で話したばかりで……」

（人ちがいではありません。本人の従業員証を見て、この電話をかけています）

「すみません。今すぐ参ります」

（そうしてください。ああ、来るのはひとりで大丈夫ですよ）


杏子は取る物もとりあえず駅の事務所に駆けつけた。すると博美は職員用の控え室で、小柄な体をさらに丸めて、情けない顔で待ち受けていた。

東口に下りる駅の階段から、派手に滑り落ちたという。雨で足元が濡れていた上に、後ろから来た人とぶつかってしまい、足をみごとに滑らせたらしい。制服のところどころが汚れているが幸い大きな怪我はなく、てのひらにすりむいた痕があった。

杏子は安堵のため息と共に、思わず博美を抱きしめた。

「もう、驚かせないでよ。心臓が止まりそうだったんだから」

声を震わせると、博美もすぐに涙声で応じた。

「すみません。またドジってしまいました」

「大きな怪我でなくて、ほんとうによかった」

気が動転し腰が抜けたようになっていた博美だが、杏子の顔を見て安心したのか、自分で立ち上がり、歩けるようになった。そうはいっても落ちた拍子に腰を打ち足首もひねったらしく、勤務を続けるのは無理そうだ。

店長とも相談し、博美の場合は自宅が近いので、そのままタクシーで帰らせることにした。一旦帰宅してから様子を見て、必要に応じて病院に行くよう、よく言い含めた。

何度も「すみません」とくり返す博美が最後に差し出したのは、噂のバーバー・Kに持っていくはずだった週刊誌だった。転がり落ちたさい、誰かに踏まれてしまったらしく、袋には運動靴の跡が茶色くついていた。

翌日の水曜日、博美は足の痛みのためお休みとなり、代わって試験休みの多絵が代役として出勤してきた。

八時五十分にはタイムカードを押し、早番ならではの仕事に就く。入荷してくる雑誌の束をほどき、中身を確認したあと、それぞれ所定の棚に並べていくのだ。多絵が早番で入ることはめったにないが、もともと勘のいい子なので、簡単な指示を与えるだけで難なく仕事をこなしていく。付録のゴムかけや漫画雑誌の紐かけはもたつくが、古い雑誌の抜きもれや、入荷数の数えまちがいといったミスはない。

杏子にとって水曜日は、配達の支度もあるので何かと忙しい。成風堂には店長以下四人の正社員がいて、本の種類による担当分野以外にも、さまざまな仕事を分担していた。一週間のうち、早番、遅番の振り分けがあり、公休日もある。誰でもひととおりの仕事がこなせるようにシフトが組まれ、水曜日は杏子が早番であり、かつ、配達本の準備をする。

二十軒分のさまざまな注文をまちがいなく調えるのは半端な作業ではない。まずはリストをもとに、入荷してきた雑誌を選び取っていくことから始まる。少年マガジンなら七冊、サンデーなら五冊、ＴＶガイドは三冊、ビジネス誌三冊、週刊文春と新潮は通常木曜の発売だが、水曜に前倒しになることもあるので、これらも要注意。ひととおり週刊誌がすむと、今度は月刊誌に入る。これは美容院向けのファッション誌が大半だ。

角のつぶれていない美本を選び、もれがないように取り分け、作業台まで持っていくと、毎度のことながら一メートル近い山ができた。

次はこれらを一軒ずつ、配達先ごとに袋詰めしていく。さらに、相手によって納品伝票やら請求書、領収書の類を作成する。店ごとに支払いのパターンが異なるので、これも要注意だ。本屋としては一律月末締めにしてもらえるとありがたいのだが、うちは五日締めで、うちは二十日締めでと、先方からの要請があり、こちらの希望を押しつけるわけにもいかない。

週刊誌と月刊誌を組み合わせ、請求書、領収書をチェックして中に入れ、配達員にその旨指示を出す。前日の火曜日が定休日の美容院もあるので、水曜日はそのフォローも仕事のうちだ。取り分けてあった月刊誌を、該当する店に振り分けていく。

開店前から準備に入り、いつの間にか店が開き、フロアにお客さんが散らばり始めていた。それを横目に杏子は黙々と作業を続け、七分通り終わった段階でふと顔を上げると、じっとみつめてくる視線とぶつかった。

相手は、気がついた杏子を見て目をそらしたが、また向き直ってくる。

色素の薄い琥珀《こはく》色のきれいな目をしていた。ダークグレーのパーカーを無造作にはおり、下にのぞいているのは黒のニット。お世辞にもきちんとした身なりとは言えないが、だらしないという印象はどこにもない。

一瞬、雑誌グラビアの切り抜きが立っているのかと思ったくらいに、何気ない立ち姿がさまになっていた。口元の髭が渋くてクールで、全体に漂うシャープな雰囲気をさらに強調している。ミーハーな成風堂スタッフが、きゃあきゃあ騒ぐのは無理ないのかもしれない。

そう、杏子は相手が誰なのかを思い出し、うなずくように会釈《えしやく》した。

バーバー・ハーレムのキングだ。

キングは杏子の挨拶に一瞬とまどいを見せたが、もう一度にっこり笑いかけると静かに歩み寄ってきた。

「いらっしゃいませ」

「おはようございます」

「ご本をお探しですか」

キングの目尻に照れ笑いのようなものが浮かび、表情がぐっと優しげになる。

「ええまあ、ちょっとおじゃましてみたくなりまして」

「そうそう、昨日はすみませんでした。配達の時間が遅れてしまって」

博美が階段で滑って転び、どさくさに紛れバーバー・Kへの配達が大幅に遅れたのだ。

「昨日？　そうでしたっけ。いや、そんなのはいいんですけれど……」

鋭い眼光がしきりに杏子の手元を気にする。

「毎日そうやって、ここで本を仕分けているんですか？」

台の上には某銀行向けのひとまとめが、ビニールの袋に詰めこまれていた。納品伝票も入れたので、あとはセロテープで留めるだけだ。薄いビニールなので伝票が透けて見え、どこに配達するものなのかがよくわかる。納品伝票は届け先を判別する役目も果たしていた。

昨日、博美はビニールではなく紙の袋に入った本を抱えていて困っていたが、あれは配達先の一軒に、「本屋たるもの紙袋が伝統」と唱える頑固者の床屋の親父がいるからだ。

「届ける本って、ずいぶんたくさんあるんですね。いつもこの仕事はあなたがなさっているんですか？」

「いいえ。だいたい曜日ごとに担当が決まっています。水曜日と土曜日は私ですけれど」

「では先週の水曜日も？」

「そうです」

キングはゆっくりうなずき、今度はすぐそばで進めている検品作業に視線を向けた。

そこでは社員の内藤が段ボールの山と格闘していた。成風堂には一日当たり二十箱近い段ボールが入ってくる。ひとつひとつ開封し、納品伝票とつき合わせ、タイトルや数を確認しながら検品を進める。多い日は四十箱も入ってくるので気の遠くなる作業だ。杏子も早く配達品作りを終え、手伝わなくてはならない。昼休憩の前までに店頭陳列をこなすのが日々の目標だ。午後からは客注本も含めた発注作業や、出版社の営業さんたちとのやりとりも待ち受けている。

「配達の仕分けをしているときは、いつもああやって、すぐそばに別の店員さんが？」

「ええ。たいていいますね」

「レジの人が、ちょくちょく本の問い合わせにも来るみたいですね」

「午前中は社員二人がここにいるので、わからない本があるとすぐに聞きに来ます」

「お客さんもまわりにいるし……。あの……ちょっと伺いますが、袋に仕分けていく本というのは、店頭から取り分けたものをここでランダムに入れていくようですね。どの本がどの店に行くかは誰にもわからない。あなたがリストを見ながら、それに合わせて随時入れていく、と？」

杏子はあらためて自分を見下ろす男を仰ぎ、たしかめるように問いかけた。

「配達の本のことで何か？」

「いえ、まあ……」

「ひょっとして先週の水曜日のことでしょうか」

琥珀色の瞳が見開かれ、ばつが悪そうに細まった。

「すみません、いろいろ根ほり葉ほり聞いてしまって」

ノエルの件だ。

けれどどうして床屋の人間が、美容院の揉め事に首を突っこむのだろう。

杏子はまわりを気にしながら、声をひそめて言った。

「ノエルさんのことでしたら、簡単な事情だけは伺いました。大変なことになっていると……」

「ええ。とてもとても大変なんです。実は、その、あそこの店長とは長年のつき合いがありまして、弱り果てているのを見るとほっとけないというか」

「それは私も——いえ、うちの店でも心配しています」

キングは「ありがとうございます」とすぐさま口にした。その雰囲気からすると、長年のつき合いといっても杏子とキングでは意味合いがちがうようだ。

「さっき店頭に積んである『彩苑』を見ました。あれが例の本で、先週の水曜日に発売になったのですね」

キングに目で促され、杏子も自然とそちらの平台を見た。

『彩苑』は年齢層がいくらか上の、熟年女性をターゲットにした月刊誌だ。カラーグラビアが豊富で美しく、「円熟の京都」「厳選ホテル」「大人の装い」といった企画が主流。高級感を前面に出し、値段も千二百円と雑誌にしては高額だ。大きさも週刊誌よりひとまわり大きく、カラーページが多いのでずしりと重い。

浮き沈みの激しい婦人誌の中にあって、『彩苑』は毎月ほぼ八割を売り切り、固定客をがっちり摑んでいる。定期購読している美容院も多い。

「先週の水曜日、『彩苑』は店頭から美本を九冊引き抜き、ここに積み重ね、リストを見ながら私が配達分を作っていきました。たいていは『彩苑』だけでなく他にも一、二冊ご注文の雑誌があり、それらといっしょに袋に入れてセロテープで留めました」

「ノエルにも『彩苑』以外の本が入っていたんですか」

杏子はリストをざっと指で追い、いくつかの本を確認した。

「あの日は合計三冊、お届けしました」

キングは腕を組み、むずかしい表情で考えこんだ。シリアスになった顔も鋭くてかっこいい。スパイ映画の諜報員のようだ。本の問い合わせに来たレジの子も彼に気づき、興奮気味の合図をよこした。

「ノエルの騒ぎはまだ落ち着いていないのでしょうか」

杏子は言葉を選びながら問いかけた。

「まったく埒《らち》があきません。このままでは店長にすべての落ち度があることになり、おそらく責任を取る形になるでしょうね。盗撮も絡んでいるわけですから、警察の介入も免れないでしょう」

ノエルは個人店ではなく、チェーン店だ。

「被害を受けたお客さんの怒りは日に日に高まっています。連日やってきては犯人は誰だと声高に叫んでいるようで、店としても仕事になりません。あの調子では、そうとう激しくまわりに吹《ふい》聴《ちょう》してるでしょうし」

「どんな方なんです？」

「五十代前後の主婦の方です。ただいろんな活動をされているようで顔も広く、押しも強く、その……怒らせたら非常にまずいと思わせるような言動が、前々から強烈にあったというか……」

キングはまわりを憚《はばか》るように声を落としたが、言いたいことは杏子にもよくわかった。接するときにやたら神経を遣わなければならないお客さんというのは、どこにでもいるものだ。

「そのお客さまが開いた雑誌に、まさしくその方の写真があったわけですよね。偶然ではないでしょうから、誰かがどこかでわざと仕組んだんでしょう？　ふつうに考えれば、その本を差し出した人が一番怪しいと思いますけれど」

「もちろん、そうです。けれどそのお客さんは当日、『彩苑』を読むのをとても楽しみにしていたそうなんですよ。発売日だから本が届き次第、真っ先に見せてくれと、大きな声で言っていたとか。となると、多くの人が、新しい『彩苑』の行き先を知っていたことになります。加えて、写真をはさみこむチャンスですけれど、問題の本に触れた人は厳密に言うとひとりふたりではありません。こちらから本が届けられ、まず袋の中の三冊でしたっけ、取り出した人がいるわけですよね。そして、表紙にマジックで美容院名を書いた人がいて、さらにそれらを雑誌置き場に置いた人がいて、じっさいに『彩苑』を選び取ってお客さんに差し出した人がいた。おまけに放置されていた時間がまったくないとも言いきれず、そうなると当日店にいた者は誰でも怪しくなってしまう」

杏子はキングの説明を聞きながら、自分が客として利用している美容院を思い出した。少ないスタッフで切り盛りしている店もあるが、たいていは技術者やら見習いやらが何人もフロアを行き交っている。雑誌ラックのある受付まわりもそうだ。新しく来店したお客さんの荷物を預かったり髪型の相談をしたりと、必ず誰かしらがいる。

その中で、並んだ雑誌に手を伸ばし、ほんの数分、いや数十秒、誰にも見られず仕掛けをするとしたら。

むずかしいだろうか。できないだろうか。

杏子は考えるそばから首を振りたくなった。

「雑誌の前でちょっとした時間を持つって、不自然じゃないんですよね。どれにしようか迷うのはよくあることですもの。選んでいるふりをして、一枚の写真をはさみこむのは簡単かもしれない」

「そうなんですよ。結果的には店長のクビが飛びかねない騒ぎになりましたが、やった方にしてみれば、ほんの小さな動作ですみます。あらかじめポケットに忍ばせていた写真を、ページの間に差せば準備完了ですから」

「なんだか、よけいに腹が立ちますね。いったい誰がそんなことを」

キングは口髭に手をあてがい、小さく息をついた。

「ノエルは今のところ他店とのトラブルもなく、お客さんと揉めたこともないようなんですよ。ただこういうことは、考えだせばきりがなくて」

もしも動機がいやがらせだとしても、誰に向けた「それ」なのか、絞りこむのは容易でないだろう。侮辱された女性客、苦境に立たされた店長、疑われた従業員たち、存続の危機に直面した店そのもの、被害を受けた人や物はさまざまだ。

「唸《うな》っているだけでは能がないので、今日は、雑誌の出発点である本屋さんまで来てみました。でもどう考えても、ここで写真を入れるというのはなさそうだ。袋に入れて封をするまでは、どこの店舗向けの本なのか、担当者以外はわからない。そうですね？」

「ええ」

「もしも入れるとしたら、まずあなたが、ノエル向けの袋を作っている途中でここから離れなくてはならない。そして、検品している別の店員さんもどこかに移動して不在。そういう状況を作れれば可能だろうが――」

「ここで何かしたら、目立ちますよ。美容院の雑誌ラックの前とはちがいます」

キングは承知していると言いたげに肩をすくめた。まわりには必ず立ち読み客がいる。従業員以外の者が作業台に向かえば、それだけで人目を引いてしまう。もしも訝《いぶか》しんだ人が常連客ならば、従業員に耳打ちくらいしかねない。その時点で計画はパーだ。

「うーん。このあとは、配達の人が順番に配っていくだけですよね？」

「はい。水曜日ならば、もうずっと配達を任されている店員がお届けしています。あの日もいつもと変わりなくまわったはずです」

滑ったり転んだりすることなく、先週は博美が『彩苑』を含む雑誌すべてを配り歩いた。

キングはあきらめたようにうなずき、丁重に杏子に礼を言った。

「いろいろありがとうございました。仕事の手を止めさせて、申し訳なかった」

「いいえ、そんな」

「今度また、ゆっくり寄らせてもらいます。店長さんによろしく」

最後はやわらかな笑みを浮かべていたが、キングの後ろ姿にいつもの覇気《はき》はなく、見送る杏子の胸のうちも複雑だった。

怪我で休んだ博美に代わり、今日の配達は多絵が受け持つ。名前を呼ぶと待ってましたといわんばかりに、元気良くすっとんできた。先輩たちに聞いたらしく、配達先を書きこんだ地図を手にしていた。

「杏子さん、ハーレムの人、帰っちゃったんですね」

「なんだ、多絵ちゃんもあそこを知っているの？」

「噂はよく聞いていました。でも、じっさいにキングを見たのは初めてです。噂通りで感激」

　こらこらと、杏子はたしなめた。

「だめよ、キングだの、ハーレムだの。こっちが勝手に言ってるだけなんだから」

「はい。けど、ほんとうに渋くて風格があって、俳優さんみたい。私、床屋さんで髪切ってもらってもいいいな」

「のんきだなあ。人がブルーだっていうのに」

「どうかしたんですか？」

　杏子は問題の美容院、ノエル用の袋にそっと手を触れた。今日もファッション雑誌の配達がある。

「ああ、それって、ノエルのですよね。あそこは今、大変なんでしょう？」

　あわてて杏子は袋から手を離し、多絵の顔を見返した。

「そんなこと、誰から聞いたの」

　社員たちは今後のこともあるので事情をひととおり知っているが、おもしろおかしく尾ひれが付かないよう、バイトの子たちには言わないようにと箝口令《かんこうれい》が敷かれていた。

「誰って、うちの母親からですよ。おとといだっけな、美容院に行ったそうなんです。ノエルじゃないですよ。その近くの美容院。そしたらかなりの噂になっているみたいで、あれこれ聞いてきたんです」

　まさに、人の口に戸は立てられない――の、見本だ。

「変な写真がお客さんの手元に渡ってしまったとか。このままではノエルが潰れちゃうんじゃないかって、みんな心配していたそうです。ただでさえイメージダウンなのに、今日、明日にも警察が乗り出してくるみたいで。そうなったら営業って、できるんでしょうか」

「他には？」

「えっと、あとは写真のこと。そのお客さんが着替えをしているところの盗撮写真で、下着姿だったというじゃないですか。ほんとうだとしたら立派な犯罪行為ですよね」

杏子は驚き、目を見張った。これまで「ひどい写真」としか聞いてなかったのだ。

「そういうものだったの」

「犯人がみつからない限り、疑ったり疑われたりでいろんな人が傷つけられて、そこに居合わせた人たちはもうみんな、被害者と同じだと思います。ただその、ノエルの店長さんが『犯人はうちの従業員じゃない』と頑張っているそうで、働いている人たちはきちんと仕事を続けているそうですよ。早くなんとかなってほしいですね」

盗撮行為は多絵の言うように立派な犯罪だ。相手を侮辱する落書きがあったとすれば、名誉毀損も成り立つかもしれない。お客さんのショックはもっともで、警察だって無視できないだろう。参考人として関係者は事情聴取を受けることになりかねない。

杏子は、気の毒そうにしながらも、どこかケロリとしている多絵に向かいこう言った。

「のんびり構えてないで、こういうときこそ、張り切ってよ」

「え？」

どうせ箝口令は無意味だったのだ。だったらいっそのこと――。

「どこの誰だか知らないけれど、そいつは、うちで配達した雑誌に卑劣な写真をはさんで、うちのお得意さんを窮地に陥れたのよ。黙ってられないでしょ」

多絵はきょとんとした目を杏子に向ける。

「いい、多絵ちゃん。頑張って犯人をみつけるの。そいつは紛れもなく、本屋の敵だから」

「敵……？」

「ことの起こりは先週の水曜日。その日、発売になったばかりの月刊誌『彩苑』に、問題の写真がはさまっていたの。なんの目的でやったのかはともかく、誰が、どうやって仕組んだのか、この謎だけは解いてみせて」

負けず嫌いでもある多絵は、課題を突きつけられると俄然、燃えるタイプだ。

たった今まで、気の毒がりながらも他人事《ひとごと》という顔をしていたのに、もう自信ありげな笑顔をのぞかせ、言うことも派手だ。

「わかりました。本屋の謎は本屋が解かなきゃ、ですね。任せてください」

「そうそう、たのもしい。その調子でほら、これを持って、配達GO！」

杏子は威勢良く掛け声をかけ、本の山を差し出した。


成風堂の休憩は社員がひとりずつ順番に取っていく。杏子の場合、早番の日はたいてい一時半頃からビルの従業員休憩室に向かい、日替わり定食を食べる。食後のアイスコーヒーを飲みながら、読みかけの文庫本をめくるのがひとときの安らぎだ。

けれどこの日は、多絵がそわそわしながら待ちかまえていた。配達を終えてからずっと、何か言いたげにしていたので、杏子としてものぞむところだ。

「どうしたの。もう手がかりをみつけたの？」

ふたりして同じ時間に休憩を取り、昼食もそこそこに杏子は問いかけた。今日の配達先にもノエルが入っていた。『彩苑』とはちがう本だが、美容院の様子ならばいくらかでもわかっただろう。

「私、ヒロさんの代わりに配達に行ってみて、気がついたことがあるんです」

「うんうん。なんでも聞かせて」

「ヒロさんはいつも決まったルートで、配達をこなしていたようなんです。今日は私、お届け先の方から、いろいろ声をかけられました。『いつもの子はそこの交差点を渡ってくるよ』とか、『いつもの子ならもっと本をいっぱい抱えているのに』とか、『あれ、今日はうちが最後なの？』とか。これは、私がヒロさんとはちがう順番で本を届けたからだと思います」

「そりゃヒロちゃんならば、自分で決めた順番を黙々とたどっていくと思うよ。臨機応変が一番の苦手だから」

「とすると、注意深く観察していれば、たとえば水曜日、本屋の店員がどんなルートで雑誌を届けているのか、部外者にもわかりますよね」

「ああ……それは」

なんの話だろう。

ノエルの受付カウンターや雑誌ラックを思い浮かべていた杏子は、少なからずとまどった。博美が毎回同じルートをたどるというのは、充分あり得る。妙なところで律儀というか、融通が利かないというか、杓子定規《しゃくしじょうぎ》というか。

「ノエルの順番は、他の店の反応からするとおそらく後ろの方です。もしもその手前で、何かしらの方法を使ってヒロさんを呼び止め、袋の封を開けさせることができれば、写真のはさみこみは不可能じゃないです。問題の本は問題の写真を入れたまま、とんとんとんと移動して、いつも通りノエルに届けられる」

「配達の途中で何かあったというの？」

今ひとつ気乗りしない杏子に向かい、多絵が細い指を一本、ピンと立ててみせた。

「決まった月刊誌は、決まった日の決まった時間に美容院に届く。ひょっとしてその女性客は、『彩苑』の発売日めがけ美容院に来てませんか？」

「さあ、それはどうだろう。でも……キングは言ってたな。そのお客さん、『彩苑』が配達されてくるのを知ってて、届き次第、一番に見せてほしいと声高に言っていたらしい。居合わせた人ならば誰でも、『彩苑』がどの人の手に渡るのかを知っていたんだよ」

「それなら店にいた人とは限らないかもしれませんよ。自分がノエルの常連客で、気に入りの雑誌を優先的に見られると、大げさに吹聴していたとしたら？　ほら、『私はあの店で、特別待遇なのよ』『新しく入った雑誌は、美容院の子が真っ先に持ってくるの』『おかげで彩苑はこのところ買ったことがないわ』、なんてね」

その様子がありありと目に浮かぶようで、杏子は口をへの字に曲げた。

本屋でも、常連客であることを笠に着て、いばり散らす人が稀にいる。ほとんどの人が控え目で優しげなのに対し、ごく一部、横柄で身勝手な人がいて自分の都合をごり押ししてくる。無理難題をふっかけては、楽しんでいるふしさえある。連れに向かって、自分は上客だからと、得意がる人もいた。

「美容院や本屋で優遇されて、自慢になるのかな」

「なる人もいるんじゃないですか」

「けどさ、あんまりやりすぎると、煙たがられるよね」

思わず口をついた杏子の言葉に、多絵が思わせぶりな目つきをよこした。

やりすぎたから、たちの悪いいやがらせの標的になったのだろうか。

下着姿の盗撮と、「ブタはブタ」というマジックの殴り書き。

何かしらの腹いせだったのだろうか。

「ともかく、ヒロさんに確認してみてください。どんなささいなことでもいいんです。先週の水曜日、何かなかったか」

「一応、ノエルの件を知ったとき聞いたんだよ。配達途中に変わったことがなかったかって」

「もう一度、ここで聞いてみてください。私、すごく気になるんですよ」

今さらという気がした杏子だったが、多絵が携帯電話を押しつけて迫るので、博美の自宅に電話を入れた。電話口に出てきた母親に取り次ぎをたのみ、待つこと一分。のんきに出てきた彼女は怪我の回復も順調で、土曜日には出勤できるだろうと明るく言った。

それはめでたいが、今はたしかめることが他にある。

「先週の水曜日のことなんだけど、ヒロちゃん、いつも通りに配達に行ったでしょ。あの日は『彩苑』の発売日で、重くて大変だったはず。憶えているよね」

（ええ……）

「それでね」

（はい）

「この前も聞いたけれど、配達のときに何か変わったことはなかった？　荷物をどこかに置いて離れてしまったとか、つい話しこんでしまったとか、誰かとぶつかって本を落としてしまったとか」

（私が、ですか？）

「ヒロちゃんが何か失敗をして、それを注意したいんじゃないの。ぜんぜんちがうから、心配しないでね。ただ、ちょっと『彩苑』絡みで、気になることがあってね。思い出してほしいのよ」

夢見るようなふわふわとした雰囲気が、受話器の向こうから伝わってくる。

（あの日。『彩苑』……ですか。だったら……）

「何かある？」

（ええ）

「どんなこと」

（ページが破れていました）

「はあ？」

（ですから――）

博美はある美容院に本を配達し、店を出た直後、そこの従業員に呼び止められたという。「届けてもらった雑誌が破れていた」、そう本を差し出され、博美は驚いて受け取った。のぞきこむとたしかに途中のページがすっぱり切れていた。念のため、その場で他の『彩苑』を確認したところ、幸い破損は見あたらない。

たまたま運悪く不良品が当たってしまったのだと思い、すぐに交換を申し出たが、その美容師は「広告のページだからいいよ」と言い、踵《きびす》を返し戻っていった。

「そんなことがあったの」

（報告しないですみませんでした。あれは『彩苑』でした）

一冊一冊確認した――ということは、杏子がセロテープで留めた袋を、博美が途中で開けたことになる。呼び止めた美容師はその間、ただ見守っていただけだろうか。ひょっとして確認の手伝いをしたのではないか。たとえば、チェックの終わった袋を持ってあげるとか。

どんな人だったかと博美にたずねると、ふつうの若い男の人としか憶えていないらしい。ビルの三階にある小さな美容院で、一階に下りる少し手前で声をかけられたため、あたりは薄暗く、やりとりもほんの短い間だった、と。

電話を切るやいなや、杏子と多絵は昼食のトレイを片づけ、急いで売り場に戻った。店長に事情を説明すると案の定、渋い顔をされた。

「なんでそんなややこしい話を思いつくんだよ。ふつうに考えればありえないだろう」

「ええ、でも」

「写真をはさみこむだけなら、美容院の中でやればいい。そっちの方がずっと簡単だ」

杏子自身、そう思わないでもなかったが、多絵は少しもひるまなかった。

「いいえ、店長。今度の騒動の犯人は、写真も侮辱の言葉も最高のインパクトを用意して、ことに及んでいます。その場の思いつきではなく、準備万端調えた上で実行に移っています。ということは、自分が一番安全でいられる場所も承知していたはずです。美容院の中じゃ、どうしたって容疑者リストに入ってしまうでしょ？」

店長は「そんなものかねえ」と、ぶつぶつ口の中で言いながら、ふたりを見比べた。

「どうも今ひとつ、わからない」

「わからないから、たしかめに行きたいんです」

多絵に代わり、杏子が食い下がった。

「お願いします。すぐ戻ってきますから」

「返本作りは残しておくよ」

問屋に返す本を段ボールに詰める作業が、今日は杏子の当番なのだ。

「もちろんです。帰ったら、いくらでも作ります」

「そこまで言うなら、まあいいか」

やっと店長の許可を得て、杏子と多絵はあわただしく売り場から飛び出した。


博美が電話で言っていたのは竹中《たけなか》美容室というこぢんまりとした店だった。

四階建てのビルの三階フロアにあり、オーナーは白髪まじりの初老の男性だった。博美に声をかけたのは若い男とのことで、まずオーナーではないだろう。他に男性従業員はとたずねたところ、大変な巨漢がぬっと現れた。どう見ても「ふつう」の範疇《はんちゅう》から外れている。いくら博美でも、これなら「ちょっと太め」くらいは言うだろう。

他のスタッフはすべて女性と聞かされ、杏子の背中に冷たいものが伝った。立ちつくしていると、フロアにあった最新号の『彩苑』を開き、多絵が手招きした。

「杏子さん、切れているページがどこにもありません」

「ということは……」

「ヒロさんが見たのは、この本じゃありませんね」

だったら何？

「ひとまず、表に出ましょう」

多絵にそう言われ、杏子はオーナーにたどたどしく言い訳を並べると、早々に竹中美容室をあとにした。

階段に戻ったところで、あらためて多絵の腕を摑む。

「配達中のヒロちゃんを呼び止めたのは誰なの？　竹中美容室の人じゃないんでしょ」

「ええ。差し出された『彩苑』も、杏子さんが準備したものではありません。何者かがページに細工をして、あらかじめ用意したものです」

　ノエルを窮地に陥れた犯人は、水曜日の配達ルートでもっとも人通りの少ない場所を選び、博美を待ち伏せしていたのだ。

　杏子は狭い階段の途中で身をすくめた。多絵は子猫のように目を光らせ、用心深くあたりを見回した。

「杏子さん、このビルにはエレベーターがありません。たぶん犯人は、三階から四階に向かう間の踊り場に身を潜めていて、ヒロさんが配達を終えて一階まで引き返すのを見はからい、自分も下りてきたんだと思います。上から現れるわけですから、ヒロさんが相手を美容室の人と勘ちがいしてもしょうがないですよ」

　錯覚を与えるような服や、櫛や鋏といった小道具を用意すれば、美容師になりすますのは案外簡単なのかもしれない。どの美容院にどんな従業員がいるのか、配達員はそこまで把握していない。

「上から声をかけられ、立ち止まったヒロさんに、犯人はいきなりページが切れている本を差し出します。このあたり、書店員の心理を巧みに突いていると思いますよ。とっさに頭がそっちに集中しますから。その一冊だけでなく、他の本も破れているかどうか、確認したくなるのも店員としてふつうの感覚です」

　そして破損が一冊だけとなると、ほっとする反面、たまたま不良品が当たってしまった小さな事故だと考え、特別視しなくなってしまう。今回の場合、「広告のページだからいいよ」と言われ、博美は報告さえ忘れていた。

「犯人は親切ぶって、ヒロさんが開けた袋を預かってあげたのかもしれませんね」

「そしてノエルの袋にあった『彩苑』に写真を入れて、何食わぬ顔でヒロちゃんを見送ったのか」

そのあとの騒ぎをどこかで見聞きし、未だに悠然とほくそ笑んでいるにちがいない。

「多絵ちゃん、店に戻ろう。店長ともよく相談しなくちゃ」

「はい」

博美の遭遇した出来事は限りなく怪しいが、事件に絡んでいるとはまだ断定できない。まして、犯人の手がかりになるようなものは何もないのだ。


ふたりが成風堂に戻ると、あいにく店長は休憩のため不在で、残念ながら報告も相談もできなかった。その後、夕方まで店が混み合い、ふと気がつくと多絵の勤務時間が終わりに近づいていた。

時計の針は四時半を過ぎていた。棚上げになってしまった報告もあり、タイムカードを押しに行く多絵にくっついて杏子は事務所に入り、やっと休憩から戻ってきた店長を捉まえた。

さっそく博美が遭遇したらしい「事件」の話をしていると、店に意外な人物が現れた。駅の売店に勤めているという中年女性だった。

「昨日、階段から滑り落ちた子はここの本屋さんの子でしょ？　週に何度か、私のいる売店の前を通っていくから、なんとなく知っているの」

女性の働いている売店は、東口階段の正面にあるキヨスクだという。

「それで昨日……ほら、あんなことがあって」

かわいそうにねえと言いたげな女性の表情に、杏子はほっと肩の力を抜いた。

「ありがとうございます。ご心配いただいたのですね」

「ええ、まあ……」

「今日は休んでおりますが、二、三日で仕事に戻れそうです」

女性は神妙な面もちでうなずいたのち、「そのことだけど」と切り出した。

「あれはね、後ろから来た男が、わざと突き飛ばしたのよ」

「は？」

「あっという間のことだったけど、まちがいない。第一あのとき、階段にいた人はほんの数人で、わざわざ寄っていかない限りぶつかりっこないもの」

杏子はとっさに多絵を探した。多絵はすぐ後ろにへばりつき、女性の話を聞いていた。

「大した怪我ではなさそうだったから、昨日は私もつい黙ったままにしてしまったの。でもやっぱり気になってねえ」

「どんな男でした？」

「若い男だったと思うけど。見ていたとはいえ、ほんの一瞬のことだったから」

もしも女性が言うように、博美が階段から落ちたのが単なる事故ではないとしたら、突き飛ばした男というのは誰だろう。

そして、なぜ？　どうして？　なんのために？

「服装とか髪型とか持ち物とかは、何か憶えていませんか。なんでもいいんです。思い出してください」

女性は「わかっているわよ」という顔で首をひねり、天井を斜めに見上げた。

「そうねえ……運動靴を履いていたかもしれない。ジーパンに運動靴。あとはあまり憶えていないわ。トレーナーみたいなのを着ていたかしらね。服装よりも、実は気になることがもうひとつあって。あの子、大切そうに袋を抱えていたのよ。いつもいつも、あの子はそうよね。ここの本屋さんの制服姿で、雨の日だって風の日だってカンカン照りの日だって、とっても大事そうに四角い袋を抱えているの。昨日もそうだったんだけど、階段から落ちた拍子にそれがすっ飛んで、一番下まで落ちてしまったのよ。そしたら、その突き飛ばした男、逃げていく途中にわざと踏みつけていったの。私、それがすごくくやしくて。あの中身は本でしょう？　あの子が宝物みたいに大事に胸に抱えていたのに、突き飛ばした上に踏みつけるなんて。そいつだって、むき出しの本を手に持っていたのよ。なんの本かは知らないけれど、あれは本だったと思う。自分のはちゃんと持っているくせに、あの子のを足蹴《あしげ》にするなんて、どういうことよ」

杏子の脳裏に雨水と泥で汚れた白いビニール袋がよぎった。たしかに靴跡はあったが、たまたま誰かが踏んでしまったのだと思っていた。

「杏子さん……」

多絵が訴えるように杏子の腕を揺さぶった。

話を聞かせてくれた女性の応対は店長に任せ、杏子は多絵に引きずられるようにして、店の奥に移動した。

「今の話、ノエルの事件に関係あるの？」

「さあ。でも、よく考えた方がいいですよ」

「万が一、関わりがあるとしても、どうして今になってなの？　ノエルの事件があったのは先週の水曜日で、もう一週間も経っているんだよ。ヒロちゃんの配達にしても、昨日以外にも、そう先週の土曜日も行っている。これまで何もなくて、どうして今になって……」

多絵は、ばらばらになったパズルのピースを寄せ集めるような、そこに見え隠れする絵を窺うような、たどたどしい声で言った。

「ひょっとして昨日、ヒロさんはその人物に会ってしまったのかもしれません」

「会ったって、あの子にはわからないよ」

博美は犯人になんの心当たりも持っていない。というより今もなお、自分が利用されたことにさえ気づいていない。

「でも犯人はそう思わなかった」

言うそばから、多絵は首を横に振った。

「ううん、ちがいますね。犯人にしたところで、鉢合わせしたってかまわなかったはずです。もしも本屋の女の子に気づかれたとしても、しらを切り通すのは簡単ですもの。顔を見られたといっても、暗くて狭いところですし、やりとりも少しだけです。後日ばったり出くわしたところで、知らんぷりすればいい。物証だって何もないんだから」

博美を竹中美容室の帰りに呼び止めた男は、用意周到すべて計画的に調えてことに及んだ。自分の手をひとつも汚さず、ノエルの関係者を崖っぷちまで追いつめた。

くやしいが、なんて悪知恵の働くやつだろうか。

そういう人間ならば、博美にちょっかいを出すことの危険性だって、充分わかっていたはずだ。

「ええ。でも……」

「ノエルの件とは、関係ないのかな」

「私だって、気になるけど」

「ヒロさんが、犯人にとって予想外の行動を取ったのかも」

多絵はうつむいていた顔を上げ、自分自身に話しかけるように言った。

「犯人は――あらかじめ、ふたつのことをよく知っていました。ヒロさんの配達ルートと、美容院常連客の読書パターンです。それを利用し、誰かを陥れようとしました」

「うん。そこまでは、私にもわかるよ」

「犯人は待ち伏せをしヒロさんに声をかけ、言葉巧みに封を開けさせて、『彩苑』の間に写真をはさみこみました。何も知らないヒロさんは仕事を続け、配達された雑誌は待ちかまえていた女性客のもとに届きます。そして問題の写真が発見され、ノエルは大騒ぎになりました。一方犯人は、自分の身の安全をよく考え、初めから仕掛ける場所を選んでいます。顔をはっきり憶えることのむずかしい、暗がり、段差のある狭い場所」

杏子は多絵の言葉にうなずき、ふと、思いつくまま口にした。

「ねえ、多絵ちゃん。つまり犯人は、ヒロちゃんのことをよく知っていたんだね。ヒロちゃんがうちの店員であることや、配達係であることや」

「そうですね。けれどそれは一方的な関係で、ヒロさんが自分に気づいていないと、確信していました」

だから堂々と顔を出し、美容師のふりをして、階段で呼び止めたのだ。案の定、博美はまったく不審に思わなかった。

「ところが昨日」

多絵は一旦、言葉を切った。

「犯人にとって、計算外の出来事が起きました――」

「待ってよ」

駅の階段から、人ひとり突き落とすようなまねは、よっぽどの理由がなければやらない。

杏子は多絵を押しとどめ、フロアを大股で横切ってレジの電話に飛びついた。もう一度、博美の家に電話を入れてみる。少ないヒントで考えるより、まずは本人に聞いてみればよいのだ。ところが電話口に出た母親は、博美の不在を告げた。

(すみませんねえ。私もちょっと留守にしていまして、帰ってきたら出かけているみたいなんですよ)

「ご近所でしょうか?」

(いいえ、いつもの外出用の靴が玄関にないので、もう少し遠くかもしれません。コンビニくらいならサンダルで行くでしょうから)

おっとりとした母親の声を聞きながら、杏子は受話器を握りしめた。

博美の家は成風堂のある駅前からバスに乗り、十五分ほど行った住宅街の中にある。近所でないとすると、駅まで出た可能性が大きい。

「でしたら、博美さんの携帯電話にかけてみます」

(それがあの子ったら、家に忘れていったんですよ。下駄箱のところにありました)

杏子の額に冷や汗が浮かんだ。

母親には、連絡が取れたら成風堂に電話するようたのんだが、通話を切っても受話器が離せない。

「どうしよう。ヒロちゃんがどこに行ったのか、わからないよ」

もしも博美が駅前に出たとしたら、犯人と顔を合わせてしまうかもしれない。犯人は再び博美を襲いかねない。けれど彼女は、自分が狙われていることを知らない。

「落ち着いてください、杏子さん。もっとよく考えてみましょうよ。まず、階段で呼び止めた男に関しては、ヒロさん、何も憶えていなかったんですよね？　昼の休みに電話で杏子さんが聞いたとき、そう答えたのでしょう？」

「うん」

「ノエルの事件についてはどうでした？」

「ヒロちゃんなら、まったく知らなかったと思うよ。ちょっとでも噂を聞いていたなら、心配するだろうし」

「だったらヒロさんは、先週の事件については白紙です。それについての特別なリアクションを取ったとは考えられません。けれども、犯人にとってはちがった。一週間後にあたる昨日、どこかでヒロさんに会い、何か、ぎょっとするような思いを味わったんですよ」

杏子は両手を頭にあてがい、自分の髪の毛を乱暴に摑んだ。

「何か……」

「きっとあるはずです。ヒロさんの側から見れば、昨日の配達途中、若い男にばったり出くわして、その男が予想もしなかった行動を取った」

「昨日のあの子――」

早番であった博美は九時前にタイムカードを押し、朝の仕事をすべくフロアに入ってきた。仕事はいつも同じだ。取り次ぎから届いた雑誌の山をほどき、数を数え、いつもの場所に置いていく。

いや……。

杏子は思い直すように、ゆっくり手を下ろした。

書店は一日として同じ荷物が入ってきたりしない。朝取りかかるのはその日に届いたばかりの新しい雑誌であり、前日にはなかったものだ。

毎週同じ曜日に入ってくる週刊誌だって中身がちがう。本屋の棚は、一日ごとに微妙にリニューアルされている。

博美は昨日、そういった新刊雑誌をジャンルごとに仕分け、所定の棚に並べていた。どこに置けばいいのかわからないような本に関してのみ、杏子に声をかけ、どうしましょうかと問いかけた。

そして――

「あれだ」

「杏子さん？」

「昨日、あの本が入荷してきたんだよ。だからヒロちゃん、とっても切ない顔でじっとその表紙を見ていた」

杏子は逸《はや》る思いを押しとどめ、棚を振り返った。

男性ファッション誌の増刊号が一番良い場所に陳列されてあった。限定物スニーカー特集号で、通算四号目。かつて、博美が配達先でたのまれた本の次の号にあたる。

あのとき、博美は引き受けた注文を忘れてしまい、手を尽くしやっと入手した一冊は裏表紙に五センチほどの切れ目が入っていた。発売当日に店頭分からよけておけば、美本がお客さんに渡せたのに。

それはもうかなわないのが現実で、博美は自分のミスの刻まれた本を抱えて配達先に謝りに行った。あいにく本人が不在で、ちゃんと謝罪できなかったことをずいぶん気に病んでいた。

そんなことがあったからだろう。半年ぶりに四号目が発売されると知ったとき、博美は色白の頬をピンクに染め、珍しく興奮気味だった。そして配達に行ったときに自分から話を切り出したという。

もしもまたあの増刊号を注文するならば、今度こそきれいなものを用意します、と。けれどそれをほしがった従業員は、すでにその店を辞めたあとだった。

(でも杏子さん、きっとどこかでその方はお求めになると思うんです。ずっと揃えている本だとおっしゃっていたので。もしも成風堂にいらしたら、私、この前のことを謝りたいです。あれきりちゃんとお話をしていないので)

(この前なの？　もう半年も前のことだよ)

杏子は博美の言葉に苦笑した。

(そうでしたっけ。私には、この前なんですけれど)

(それにヒロちゃん、その人の顔を憶えていないんじゃないの)

博美は人の顔というものをほとんど憶えない。

(いいえ、ばっちりです。だって、土曜日に配達に行ったとき、写真を見せてもらいましたから。受付カウンターのそばに研修旅行の写真があって、私がのぞいていたら『スニーカーならコイツだよ』ってお店の人が教えてくれたんです)

(それで思い出したんだ。じゃ、それまでは忘れていたんだね)

(杏子さん、イジワル過ぎません？　土曜日以降の私はちがうんです)

まるで今すぐ似顔絵でも描きそうな勢いで、博美は言った。

「この本をどこかで買い求めた男――」

杏子は雑誌の陳列棚に歩み寄り、つるつるの表紙に指をあてがった。

「ヒロさんが以前、取り忘れていたと言っていた本ですね」

「昨日、次の号が半年ぶりに発売されたの。あの子、謝りたいと言っていた。この前のはページが破れていてすみませんでしたって。バカなんだよ。バカがつくくらい真面目で融通が利かなくて、律儀で一生懸命で。だからずっと気にしていた。もう『この前』じゃないのにね」

ひょっとして昨日の昼前、街角で、こんな光景があったのではないだろうか。


今にもぽつぽつ雨が落ちてきそうな駅前の商店街。

（この前は、ページが破れていて、すみませんでした）

制服姿の女の子が、ばったり出会った若い男にこう言う。

男の手には、真新しい雑誌が一冊あった。

いきなり声をかけられた男は立ちすくみ、人ちがいでしょうと、かわそうとする。

けれどもそのとき、さらに女の子は言う。

ちょっと緊張し、ためらいがちに。

（以前、バーバー・Kで働いていらした方ですよね？）


「ヒロちゃんの頭の中には、その日発売になった雑誌のことしかなかったんだよ。でも、男はちがう。男がとっさに思い浮かべたのは、わざと自分で破いた『彩苑』だったんだ」

博美と偶然出くわすことを、男は恐れていなかった。竹中美容室の帰りに声をかけた相手だと、たとえ博美が憶えていたとしてもかまわなかった。「人ちがい」で押し通すつもりだった。

ところが博美は、その男が何者であるかを言い当ててしまった。

「おそらくヒロさんとその男は、別の場所でも顔を合わせていたんですよ。けれどそのときのヒロさんはまったくの無反応だった。バーバー・Kの元技術者だなんて、少しも憶えていなかった」

だから、男は安心して博美を使ったのだ。

「でも、先週の土曜日、顔写真で念入りに確認し、あの子なりに自分の頭にたたきこんでいたんだね」

昔やりとりした記憶だって、蘇ったにちがいない。

「ヒロちゃんは昨日の昼間、配達の途中で店に電話をよこしたの。雨が降ってきたけれど傘がないって。そのとき、電話口で嬉しそうに言っていた。『あの本、やっぱりお求めになっていらっしゃいましたよ』って」

さらに杏子の脳裏に、泥で汚れたビニール袋がよぎった。男がわざわざ踏みつけたのはバーバー・Kに届けるはずの雑誌だった。あそこのオーナーはノエルの店長とつき合っている。

「行きましょう、ハーレムに」

多絵のきっぱりとした声に、杏子も夢中でうなずいた。

店長にはかいつまんだ説明だけして、ふたりはフロアの乾いた床を強く蹴った。六階から三階までエスカレーターを駆け下り、宝石店、鞄店、化粧品店の間を抜けて、駅に続く出入り口から飛び出す。夕方のそこは通勤通学客でごったがえしていた。その人たちをかわし、自動販売機の角を曲がり、ハンバーガーショップの前を通り、東口階段に向かう。

昨日、博美が足を踏み外し転げ落ちた場所だ。上りのエスカレーターはあるが下りならば一段一段、階段を下りていかなくてはならない。博美は喫茶店で借りた傘を片手に持ち、もう片手で最後の配達物を抱えていた。

杏子と多絵は階段を下りきり、横断歩道をまっすぐ渡った。西口は大きなバスターミナルがあり、まわりにビルが建ち並び拓けているが、東口は殺風景だ。ガスメーカーの展示用ビルや輸入物の家具を揃えた店、大手進学塾、不動産屋、花屋、ドラッグストアが狭い間口で軒を連ねている。

その中で、目指す理髪店は眼鏡ショップの二階。エレベーターを使うのももどかしく、ふたりは狭い階段を駆け上がった。

ロゴマークが躍る大きな扉を押し開け、店の中に転がりこむ。杏子は受付を通り越し、顔見知りを探した。

ガラス張りの明るい店内は、全体がモノトーンでまとめられ、大理石調の床と縁なしの鏡、漆黒のソファーセットと、あくまでもシックで都会的な雰囲気だが、なぜかところどころ金の飾りが用いられている。壁にかかったオブジェやコーナーの造花が、ゴージャスな金の光を放っていた。

噂の技術者たちは揃いの制服を身につけ、床屋というより、まるでホテルマンのようだ。流れているBGMも品のいいピアノ曲で、会社帰りのサラリーマンがやってくるまで、まだ少し時間があるのだろう、それぞれ顧客名簿のチェックをしたり、鏡の調整をしたり、箒《ほうき》片手に床清掃をしたり、用具の手入れをしたり、思い思いの仕事に就いていた。

成風堂の女性スタッフが騒いでいた通り若い男性が多く、髪型や制服の着崩し方にも個性を感じさせる。

けれども、さすがに今は見とれてもいられない。杏子は一瞬、雰囲気にのまれかけたが、すぐに気持ちを引き締め肩に力を入れた。そのとき奥からキングが現れた。

「どうしました？　こんな時間に」

「ゆっくり挨拶をしている暇がないので失礼します。いきなりですけれど、以前うちの店に、雑誌の増刊号を注文した人がいたはずです。『ランダム』という男性誌のスニーカーの特集号でした。その人のことを至急、教えてほしいんです」

「うちのスタッフですか？」

「ええ。でももう辞めた人だと思います。そういえば写真が……」

あわててきょろきょろ見回すと、カウンター脇の壁に賞状やトロフィーをまとめた飾り棚があった。海外研修がときどきあるらしく、「ロンドンにて」「ミラノにて」と記入された記念写真が何枚か貼られていた。

キングはピンとこなかったらしいが、すぐ近くで耳をそばだてていたらしいスタッフが「あいつじゃないですか」と言った。

「田中《たなか》ですよ、田中。本屋の女の子に本を注文していました。しばらく経ってから、いつもの配達の子が持ってきたはずです」

「ああ。スニーカーならそうかもしれない。で──それがどうかしたんですか」

どこから話していいのか、杏子は言葉が詰まってうまく口が動かない。

「多絵ちゃん、お願い。代わりに説明して」

たのもしくうなずいた多絵は、男たちの表情が一変するような言葉を投げかけた。

「その田中さんという方は、こちらの店、バーバー・Kに恨みでも持っているんですか」

驚いて、手にしていたクリップを落としてしまったスタッフもいた。

多絵はひるまず続ける。

「ノエルを陥れると、この店に仕返しができるのですか？」

「どういうことかな？」

「今回の写真騒動、あれに関係しているかもしれません」

キングは目を見張り、迫力たっぷりに多絵を見すえた。

「田中ならいい辞め方はしなかった。技術はあったが何かと問題を起こすやつで、三ヶ月ほど前に解雇を言い渡した。最後はくやしまぎれと言うんだろうな、さんざん悪態をついていたが」

それを聞き、多絵は杏子を振り返った。何を言いたいのかは杏子もよくわかる。顔を見合わせていると、苛立つようにキングが詰め寄った。

「その田中がなぜノエルの一件に？」

「まだはっきりしたことはわかりません。でも先週の水曜日、本の配達に出かけた者を、待ち伏せしていた人がいたようです。それは若い男で、言葉巧みに雑誌の入った袋を開けさせています」

成風堂まで足を運び、配達の準備をしげしげと観察していたキングだ。多絵の話の内容からおよその意味を察したらしい。

「あれが仕組まれたのは、成風堂とノエルの間ということか……？」

「今はその手口を詳しく説明している時間がありません。信じてもらえるならば、待ち伏せした男の手がかりは、『ランダム』のスニーカー特集号です。半年前、うちの配達員に注文した人を一刻も早く探してください」

「どうかしたのかい？」

多絵がまた振り向いたので、杏子は気合いをこめて訴えた。

「昨日、うちの配達員が駅の階段から転げ落ちました。単なる事故だと思っていたのですがちがうみたいです。東口にある売店のおばさんが、不審な若い男を見ていました」

「なんだって」

「幸い、昨日は大きな怪我もなく、足をひねった程度でした。けれどヒロちゃん——ああ、その子ですけれど、今またどこかしらに出かけたらしく、連絡がとれません。もしも駅前あたりをうろうろして犯人とばったり出くわしたら、今度は何をされるかわかりません。本人は、自分が事件に巻きこまれているなんてぜんぜん知らないんです」

呆然とするキングよりも早く、若い技術者たちが色めき立った。あいつならやりかねない、手分けして探しましょう、何かあってからでは遅すぎる、そんなふうに口々に言い、せがむようにキングの許可を取りつけて外に飛び出していった。

杏子たちもそのあとを追いかけようとしたが、ふと、キングのもらした言葉に足を止めた。

「『田中』——か」

「何か？」

「いや、その、ノエルで被害に遭ったお客さんの名前もね、『田中』だったんですよ」

あとで聞いたところによれば、博美はその頃、駅前商店街のはずれにある整形外科を受診していたそうだ。階段から落ちた当日は外出する気になれず自宅で静かにしていたが、今日になりいくらか気分も回復したので、きちんと足の具合を診てもらうことにしたという。

田中という元ハーレム従業員は、博美の自宅まではさすがに知らなかったが、気になってさんざん駅周辺をうろついていたらしい。そして夕方、バスから降りてきた彼女を偶然みつけてあとをつけた。

整形外科医院の前で待ち伏せすること小一時間。出てきた彼女に何食わぬ顔で近づき、声をかけた。それから先のことは考えていなかったと、あとになって釈明したそうだが、用意周到と行き当たりばったりが同居したような男だ。何をしでかすかわかったものではない。

病院から出てきた博美を強引に誘っているところで、町中に散らばった理容師のひとりが間に合った。美形で優雅で甘い笑顔が似合いすぎるほど似合うのに、何故かばりばりの体育会系というあそこの従業員は、嬉々としてかつての同僚を締め上げた。毒牙にかかりかけているのがかわいらしい女の子、というのにも萌えたらしい。有無を言わさず殴りかかり、怒鳴りつけ、買い物客でごったがえす商店街に狂騒をもたらした。

携帯からの連絡を受けて、杏子と多絵、キングも急いで駆けつけた。

あっという間に取り押さえられた田中は、殴られた痣《あざ》よりも青くなって元雇い主と対面した。大胆不敵な犯行を企てたのが嘘のような、肝の小さそうな男だった。

「たった今、お前の履歴書を見てわかったよ。ノエルで被害に遭ったという女性客は、お前の母親だな」

ここぞとばかり凄みを利かせるキングに、捕らえられた男は引きつった声をあげた。

「田中というのはよくある名字だ。住所を調べるまで、親子だなんて全く気づかなかったよ。そういえばお前、昔、酔ったときにずいぶん息巻いていたよな。偉そうで図々しくて我が儘で見栄っ張りの母親がいる、いつか大恥かかしてやるって。ひょっとしてそれがあの写真か？」

「おれは――」

「店を辞めるときも、お前は言ったよな。『いつかアンタに泣きを見せてやる』と。それが今回のノエルかよ。あそこの店長とおれが親しいのを知っていて、陥れようとしたのか。どうしてそんなまわりくどいやり方をする。関係ない人を何人も巻きこんで、裏に隠れてニヤつくのがお前の報復か。そして、ばれそうになるとさらに卑怯《ひきょう》な手を使う。言っておくが、おれはこんなやり方、断じて赦《ゆる》さん。赦さないおれが何をするか。そりゃもう、覚悟はできているんだろうな」

ごくりと田中の喉が上下した。

キングは威圧感たっぷりに迫り、その下で小動物のようなか細い悲鳴が切れ切れに続く。商店街のはずれなので往来のど真ん中というわけではないが、人垣ができ始めていた。自転車に乗った警官が騒ぎを聞きつけてすっ飛んでくる。

「あの……」

そのとき初めて、博美が小さくつぶやいた。

ハーレムの美形たちが、まるでナイトのように華奢な彼女を守っていたが、それを押しのけるようにして白い手を差し伸べる。

「杏子さん、それに多絵ちゃんまで。いったい何がどうしたんですか。私、ぜんぜんわからなくて……」

杏子は博美のもとに歩み寄り、その肩を抱きながら、くしゃくしゃになっている男の泣き顔を指さした。

「ヒロちゃん、この男に言いたかったことを、今言うといいよ」

「え……？」

「昨日の本のことだよ。どうもね、うまく伝わらなかったみたいなの。だからもう一度、ちゃんと言いなよね」

　博美は困惑し、くりんとした愛らしい瞳を大きく広げた。頭にずきんをかぶせたら、どんなに似合うだろうか。杏子が耳元に囁くと、やっと意味がわかったらしい。とまどいながらも、泣きっ面の男にまっすぐ視線を向けた。

　いいのかしらといいたげに、もう一度杏子たちを振り返る。かまわない、言ってごらんとうなずく。

「お客さま、昨日も申し上げましたけれど、この前、せっかくご注文いただきながら、ページの破れた本しかご用意できず、大変申し訳ありませんでした」

　この前——と、男の唇からかすれた声がもれた。

「ええ。この前の、『ランダム』スニーカー特集第三号です。ほら、バーバー・Kにお勤めしてらっしゃったとき、私に注文されましたよね？」

「え？　だってあれはもう半年も前の……」

　にっこりと、博美は夕暮れの街をバックに微笑んだ。

「私にとっては、ついこの前です」

　胸のつかえを今度こそきれいに流したような、涼しげな笑顔だった。

　駆けつけた警官が田中のもとにしゃがみこむ。

　入れ替わるようにしてキングはその場から離れ、押さえつけていた若者たちがずるずる男を持ち上げた。パトカーのサイレンが近づいてくる。

「あんた、『彩苑』だろ。昨日、おれの前でわざわざ言ったのは——」

「『彩苑』……？　あの……『彩苑』がどうかしましたか？」

博美の反応を見て、男は呆然とした顔でつぶやいた。

「嘘だろ。だってそんな。あんたに気づかれたと思って。何もかも、すっかりばれたと思って。だから、おれ」

顔をゆがめ鼻をすする男は、ゆですぎた青菜のようにくったりしおれて、警察官に引きずられていった。

杏子の横には口髭のキングが立っていた。

「落ち着いたらあらためて伺います。お礼にも。謝罪にも。ご迷惑をおかけした」

「いいえ。こちらこそ、ありがとうございました」

「ノエルはこれで助かります。ああ、一刻も早く知らせないと」

キングの顔にもやっと笑顔がのぞいた。

事情がさっぱりわからない博美はしきりに首をかしげ、その博美と多絵の腕を取り、杏子は歩きだした。

床屋の制服と本屋の制服が交じり合う。いつの間にか近所の美容院や喫茶店、眼鏡店、歯医者や不動産屋まで集まっていた。なじみの顔がひょこひょこ見える。どうしたの、何かあったの、そう心配そうに問いかけてくる。

すっかり日の暮れた藍色の空の下、成風堂の入っている駅ビルは、無数の光をきらきら浮かべ、優雅に涼しげに聳《そび》え立っていた。

六冊目のメッセージ

お客さま――

たしなめる口調を隠さずに、杏子は呼びかけた。二十歳前後の若い女性客が振り返り、自分が手にしていた雑誌をあわてて閉じた。

「すみませんが、携帯に入れるのはご遠慮ください」

それだけを言って踵《きびす》を返し、杏子はレジ横のカウンターに戻った。女性客はそそくさと雑誌をラックに押しこみ、何事もなかったように去った。

やれやれという顔をすると、たった今まで打ち合わせをしていたなじみの営業さんも肩をすくめた。

「この頃はああいう人がいるのね」

「多いですよ」

レジ横に設置された求人情報誌をすまして取り、他の本を探すそぶりを見せながら、人気《ひとけ》の少ない場所まで移動してめぼしいバイト口の電話番号を携帯に入力するのだ。もちろん、その本は買わない。

杏子の勤める書店は駅に隣接したファッションビルの六階で、立地の良さからこの不況下でも客足に衰えがない。いつ見てもフロアに人がいて、レジにはあっという間に行列ができる。立ち読み客も多い。何時間いようと気に留める余裕が書店員にもなく、多少、素行が悪くともわざわざ出向いて注意することなどはないのだが。

それでも最低限のルールがある。

メモ書きは禁止だ。見かけたら声をかけてやめさせる。携帯電話への情報入力もメモ書きと同じだから、気がついた時点で即刻注意する。

「この前なんか、ガイドブックを見ながら宿屋に電話して、予約入れている人がいたんですよ」

出版社の営業さんは苦笑いでうなずいた。

「携帯だと手元にあって、その場でかけられるものね」

「友達に、雑誌の星占いを教えている子もいるし」

「読んであげるの？」

「そうですよ。『ミッチは天秤座だったよね。あ、恋愛運がサイコー』なんちゃって」

営業さんはくすくす笑う。

「なんかもう、自分の感覚がわからなくなりますよ。電話でなくても、堂々と『書き留めたいものがあるから、紙と筆記具を貸してくれ』という人もいたり」

話しながらも杏子の視線は、レジ横の一角を占める情報誌コーナーに向けられた。書店に勤めるまで、自分は立ち読みだって憚《はばか》られた。映画館の上映時間を知りたくて、その部分だけを見たかったのだが、どの本屋も情報誌はレジのそばに積んであって、買うため以外で手に取るのは勇気がいった。

ところがいざ書店員になってみると、お客さんの悪びれない態度に唖然とするばかりだ。レジわきに立ち大きな雑誌を広げ、一ページずつ舐《な》めるように丹念にチェックしていく。店の方針で立ち読み自体は咎《とが》めることをしない。したがって見て見ぬ振りを装い、無視を決めこむのがふつうだが、あまりにも時間が長いと腹が立ってくる。

せめてもの抵抗で「通行のさまたげになりますから」と、やんわり切り上げを促す。事実、ちょっと邪魔なのだ。けれども店員の前で平然と立ち読みできる神経の持ち主は、杏子の「やんわり」程度ではびくともしない。

あらそうかしら、という軽い反応のもと、今度は雑誌を手にしたまま後ろの通路に下がり、おもむろにチェックを続ける。

「それで木下《きのした》さん、こっちの本ですけど、何冊追加を出しましょうか」

名字を呼ばれ、杏子はあわてて視線を戻した。営業さんは新刊案内の注文用紙を作業台に広げ、にこやかな笑顔で空欄を指さす。

「えっと……」

今は新刊コミックの注文中だ。頭を切り替え、ずらりと並んだタイトル及び筆者名を見て、杏子は軽くため息をついた。毎度のことながら、わけのわからないタイトルに、とても人の名前とは思えないペンネームばかり。真面目な人間だったら、ふざけるなと一喝したくなるにちがいない。

結局まあまあの売れ筋だからということで、「きりん童子」という作者の『内臓詰め合わせ』というコミックを十冊注文した。以前、すすめられるまま「タロイモ」という人の『きじるし』を入れたところ、ほぼ完売したのだ。

ひとりの営業さんが引き上げていくと、待ちかまえたように次の人がにこやかに歩み寄ってきた。今度は児童書だ。欠本の補充やら新刊案内やらセット物のごり押しやら、営業さんは文字通りがっちり営業していく。コミックと児童書を担当している杏子だが、それらのジャンルだけでなく、フロアには大小さまざまな出版社、いわゆる「版元」が訪れていた。

社員は各自複数のジャンルを掛け持ちしているので、ぼやぼやしていると営業とのやりとりで一日がつぶれてしまう。適当に聞き流すのも、早々に切り上げるのも仕事のうちだ。

やっと解放される頃、バイトの多絵が入ってきた。金曜日は大学の授業がないとかで、昼過ぎからのシフトに組みこまれている。

杏子が多絵相手に携帯電話の話をしていると、今度は営業さんではなく、顔なじみの常連客が声をかけてきた。黒いベレー帽を粋にかぶった白髪の老人、葛西《かさい》だった。

葛西は成風堂で店頭売りしていない大人の読み物、女性の裸体がなまめかしく表紙を飾るような月刊誌を数点、定期購読している。雑誌だけでなく、艶本《えんぽん》だの秘図だの、妖しげな本の取り寄せも頼まれるので、てっきりその用件だろうと杏子が応じると、いきなり哀しげな目をされた。

「あのねえ、木下さん」

杏子はすっかり名前を憶えられている。

「今までお世話になったけれど、僕もう、こちらにお願いしている本の購読、全部取りやめたいの」

一瞬、何か不興を買うようなことをしてしまったのかと、杏子は焦った。

「どうかしましたか？」

「ううん、そうじゃなくて、僕ね、癌なんだってさ」

老人は掠《かす》れた声でそう言い、弱々しく微笑んだ。

「さ来週から入院するんだ。ひょっとしたらもう帰れないかもしれない。たのんでおいて取りに来れなくなったら悪いでしょ。僕も気になるし。今ある分はもらっていくけれど、これからの分はキャンセルしたいんだ」

なんと言っていいのか、とっさに気の利いた言葉が出てこなくて、情けない顔で立ちつくした。

葛西老人はそんな杏子から視線をそらし、まるで見納めとでもいった雰囲気で店内を見まわす。その横顔はとても穏やかで淡々としていて、杏子はよけいに胸が詰まった。

「ご本のことはわかりました。でも、葛西さん、元気になってまた顔を見せに来てくださいよ」

「ああ、そうしたいねえ。そうなるといいんだけれど」

「みんなして、待っていますよ」

「そう言ってもらえると、嬉しいよ」

痩せた肩をすくめる葛西は、ただでさえ小柄なのに、いっそう小さく頼りなげに見える。

成風堂の入っている駅ビルは、若い女性客を主なターゲットにした明るく華やかな、ブティックメインのファッションビルだ。書店の品揃えもそれに合わせ、性描写が露骨な本の類はほとんど置いていない。

したがって、葛西の欲するような本は通常ないのだが、たのまれれば断るほどのこだわりもない。個別に対応し、定期購読や取り寄せという形でつき合いが続いていた。葛西本人は特殊な本を好むわりにひょうひょうとしていて、律儀で丁寧で、けっして手のかかる常連客ではなかった。買い求めるのは風変わりな本ばかりだが、貴重な研究資料とでもいいたげに大事に抱えて帰る後ろ姿など、どこか微笑ましくもあった。

「退院したら寄ってくださいね。それまでに、ご趣味に合いそうな本があったら、チェックしておきますよ」

老人は床に落とした視線を上げ、やっと本来の、いたずらっ子のような笑みをのぞかせた。

「うん。木下さんの審美眼にすっごく期待しているよ」

「お体、お大事に。ほんとうに待っていますから」

杏子は見慣れたベレー帽を通路の向こうに見送ったのち、定期購読のファイルを作業台に広げた。葛西のページを開き、忘れないうちにチェックを入れる。継続終了のしるしを書きこみ、必要に応じて配本ストップの手続きに移る。

再開する日はあるだろうか。老人の癌というのは進行が遅いというが……。

葛西は今、いったい誰と暮らしているのか。家族は身近にいるのか。入院の世話をしてくれる人はいるのか。

杏子は客個人のプライベート面は何も知らない。店で交わす雑談の中から日々の暮らしや家族構成を窺い知ることはあるが、葛西の場合、今までそういった話を聞いたことはなかった。

ぽきぽき枝を折っていくような事務作業がひととおり終わったところで、ほっと息をつく間もなく、再び横から声をかけられた。今度は若い女性客だった。

「いらっしゃいませ。何かお探しでしょうか」

「ええ。まあ、あの……」

折り目正しい、きちんとした身なりの女性で、化粧っけもほとんどない。シンプルでシャープで、知的な印象の人だ。

「お忙しいところ申し訳ないんですが、ちょっと伺いたいことがありまして」

「はい」

「実は私、つい先日まで、この先の中央病院に入院しておりました」

「病院?」

葛西老人から入院の話を聞いたばかりだったので、杏子はとっさに聞き返した。

「お客さまが、ですか？」

「ええ。名前は河田菜穂子《かわだなほこ》と申します。独り暮らしをしているので田舎から母が出てきまして、入院中はいろいろ差し入れてくれました。中でも本は、全部こちらで購入したとか」

「まあ、そうなんですか。ありがとうございます」

杏子はここぞとばかり笑顔を浮かべてみせたが、女性客は落ち着かないふうに表情を硬くする。そしてフロアをちらりと眺め、ひと呼吸おいてから続けた。

「それでなんですが、母はこちらの店員さんに、とても丁寧に本を選んでいただいたそうです。おかげさまで私も、退屈な病院暮らしの気が紛れました。いえ、それどころか、読書の楽しさまで教えてもらったような気持ちでいます。それで今日は、一言お礼が申し上げたくて、思い切って参りました」

緊張が伝わってくるような、ぎごちない笑みが杏子に向けられる。

店頭ですすめたものが喜ばれるというのは、接客業をしている人間にとって何より嬉しいご褒美だ。そんなに硬くならなくてもいいのに。

「ではさっそくその者を呼んできますね。名前はおわかりでしょうか？」

「いいえ。それが、母はとうとう聞きそびれてしまったそうです。すみませんけれど、どちらの店員さんなのか教えていただけますか。男の方と言ってました」

「男……」

「選んでいただいた本は五冊ありまして、すべてひとりの人、つまり同じ人が見立ててくださったようです」

成風堂には現在、男性従業員は店長を入れて社員が三人、バイトがふたり。合計五人しかいない。当然、その中のひとりということになるのだろうが。

杏子はもたげてくる疑問をひとまずおいて、河田菜穂子にたずねた。

「その店員はお見舞い用として、どのような本をすすめたのでしょうか？」

「一冊目の本だけは、今日、持ってきました。これです」

彼女はプラダのバッグから真新しい本を取り出した。表紙を見て杏子は眉を寄せた。かなり渋い。そして、とても意外だったのだ。

『宙《そら》の旅』林完次著　小学館

差し出されるまま受け取ったものの、ずしりとした手応えに、とまどいばかりがふくらんだ。その本は濃紺の表紙がやたら堅苦しい印象を与え、どことなくよそよそしい冷たさがある。よりにもよって、どうしてこれを見舞い用に選んだのだろうか。

杏子の困惑に気づいたらしく、女性客はほのかなコロンの香りを揺らした。甘さを抑えた、軽やかでシンプルな清々しい香りだ。

「お恥ずかしい話ですが、私、あまり本を読みません。仕事に関するものはそれなりに目を通しますけれど、それ以外となるとさっぱりです。プライベートな時間は、本よりも音楽を聴く方がよっぽど好きで。母もそんな話をしたらしいんです。新聞とビジネス誌しか読まないような、頭の固い、かわいげのない娘だと。そしたらその方がちょっと考えて、『だったらこれを』と選んでくださったそうです」

菜穂子に促され杏子が本を開くと、めくるそばから美しい風景写真が現れた。短い紹介文だけでなく、ところどころエッセイまで添えてある。

「きれい……」

「でしょう？　どの写真も、見ていてすごく気持ちいいんですよ」

緊張しているのか、言葉遣いも表情も強《こわ》ばりがちだった菜穂子が、初めてふわりと微笑んだ。

本の装幀はあくまでも硬派で重厚で、学術書の趣《おもむき》すらあるけれど、ひとたび表紙をめくってしまえば、透明感のある鮮やかな彩りにあふれている。凛《りん》とした空気の中で、星々も月も太陽も、海も川も畑も野山も生き生きと息づいている。銀色に揺れるススキも、雪に埋もれた赤いポストも、南十字星の見える島も、黄昏のレンガ倉庫も。清々しい風に包まれ、読み手に向かって手招きしているようだ。

杏子も以前、見舞い用の本選びをたのまれて、お客さんに風景写真集をすすめたことがある。病床でぱらぱら眺めるには、重く暗い本は向かない。リクエストがあれば別だが、長くてむずかしい小説もふらりと持参するには適さない。見た目がきれいで字が少なく、厚さも手頃なイラスト集や軽いエッセイが無難だろう。

たずねられたときにすぐ応じられるよう、日頃、そういった本のリストアップを心がけている杏子だが、この本はまったくの盲点だった。一見重く感じられる本が、開けばこんなに伸びやかで軽やかだなんて。

「二冊目はどんな本でした？」

「ご存じでしょうか。『散策ひと里の花』というボタニカルアートの本で、河合雅雄さんがエッセイを書かれています」

「ああ、わかります。知っている本だと思います」

それは文句なく、見舞いに適した癒《いや》し系の良書だ。

「よかった。最初の一冊しか持ってこなかったので、わかっていただいて助かりました。でも、そうですね。店員さんならば、なんでもよくご存じですよね」

「いえ……ぜんぜん、そうとも限らないんですよ」

「初めに選んでいただいた写真集はとっても気に入りました。退屈でふさぎがちの、うんざりする病床にあって、まったくちがう世界に心が飛んでいくようでした。ちがうといっても……そう、気がつかなかった世界ですね。忘れていた世界かもしれない。病室の窓から見えるなんでもない樹木や空に、大きな広がりを感じました」

受け取った『宙の旅』を菜穂子に返しながら、杏子はうなずいた。

「けれど私、母には『まあまあね』なんて偏屈気味なことを言ってしまいました。感激したくせに、素直に言えなかったんです。母はそれをそっくり伝えてしまったそうです。ところがその方は少しも気を悪くすることなく、二冊目の本を選んでくれました」

空の次は、植物だったのだ。

「あれは、ほんとうに穏やかで優しい絵ですね。何度見ても見飽きません。ちょうど歩けるようになっていたので、その本を持って病院の中庭に出てみました。とても照れくさいのですが、庭の雑草相手に、この私がポエムなんて考えたりしたんですよ」

照れ笑いを浮かべる菜穂子が、杏子にはとてもキュートに見えた。初対面の印象がどんどん変わっていく。

「二冊目の本については、正直に『気に入った』と言いました。そうしたら母はまたしても単純にそれを伝えたそうです」

するとコ三冊目には、一風変わった本が届けられた。


『ダヤンのスケッチ教室』　池田あきこ著　ＭＰＣ

これも杏子には「ああ、あれか」とすぐに思い浮かぶ本だったが、別の意味でとても弱り果てた。

菜穂子は杏子の複雑な表情に気づかず、目を輝かせる。

「ちょっと意外な本ですよね。でも私、ひまにまかせて、病室から見える中庭の花を落書きしていたんですよ。そうしたらまるでそれを見越しているような一冊でした。ポエム同様、絵だって、中学校以来描いたことのない私ですよ。つまりまったく未知のジャンルで、眺めているだけでわくわくしてくるような本でした」

「あの……四冊目は？」

「それが一転し、ベストセラー作家の本でした。浅田次郎さんの『民子』。さすがの私もお名前くらいは聞いたことのある方でした」

浅田次郎は直木賞作家で、著書の多くがテレビ化、映画化されている超売れっ子だ。

「さっきも申し上げました通り、恥ずかしながら私、小説なんてほとんど読んでいません。けれども『民子』ならばいいですよね。あれなら、するりと入ってきます。雰囲気があって、ひねりが利いていてしっかり楽しませてもらいました」

杏子は冷や汗を感じながらも、問いかけた。

「五冊目は？」

「ガラリと変わり、早川のＳＦで『夏への扉』です」

「あの本ですか！」

すっかり頭を抱えてしまった杏子に対し、菜穂子は驚いて目を瞬《またた》いた。

「どうかしましたか？　『夏への扉』だと、何かおかしいですか」

「いいえ、そうではないんです。ちがうんです……けれども」

数多いＳＦ名著の中でも、『夏への扉』は叙情的だが甘すぎず硬すぎず、人気投票では決まって上位をキープする不朽の名作だ。成風堂でも扉をのぞきこむ猫の表紙が、たびたび平台を飾っている。

けれど、だめなのだ。杏子はつきかけたため息をのみこんで、浅く唇を噛んだ。あまりにも選択が上手《うま》すぎる。

「残念ですけれど、うちではなく、どこか他の書店さんではないでしょうか？」

女性客の顔から、はにかんだ笑顔がきれいに消えた。

「いいえ、母はここだと言ってました。駅ビルの六階の本屋。成風堂。まちがいありません」

「ですが、選ばれている本を考えてみると、どうにも心当たりがないという感じで……」

宙《そら》とボタニカルアートとハウツー本と浅田次郎とＳＦ名作。

これをためらいなくするりと選び取れる人間は、少なくとも成風堂にはいない。

それくらい個性的なラインナップで、多岐にわたっているのだ。

たとえば文芸書を担当している店長と文庫担当の内藤ならば、浅田次郎や『夏への扉』を知っていて当然だ。彼らの日頃の読書傾向からして、読んでいてもおかしくない。けれども写真集とエッセイ、ハウツー本は限りなくあやしい。逆に、実用書担当の福沢はそのあたりが強いかもしれないが、早川のＳＦをすすめるとは思えない。

書店員は本全体の動向にはある程度通じているが、残念ながら読書家とは限らないのだ。好きな分野の本を楽しみで眺めることはあっても、すべてのジャンルをむらなく読むという人は少ない。杏子自身、月に四、五冊読めばいい方で、女性客のあげた本もきちんと読んでいるのは一冊、なんとなく知っていたのが二冊、『民子』と『宙』についてはあることさえ知らなかった。

やりとりを聞いていたバイトの多絵が、気遣うように杏子の顔を見た。多絵にしても、本の守備範囲は著しく偏《かたよ》っている。菜穂子の読むのがもっぱら新聞とビジネス書なら、多絵のは参考書と問題集とパズル雑誌だ。

「念のため、今店にいる人たちにたしかめてみます。多絵ちゃん、福沢さんたちに聞いてみて」

多絵はすぐに踵を返しすっ飛んでいったが、間もなく「該当者なし」という返事を持って帰ってきた。

「一応もうふたり、男性店員がいることはいるのですが、望みは薄いです。『夏への扉』と『ダヤン』の両方を読了しているとは思えません……」

「別に読んでなくても、選ぶことはできるんじゃないですか？」

「いいえ、お話を伺うと、ちゃんと相手の反応を考えて、上手にエスコートしているように思えるんです。たぶん、そうとう本を読んでいる方ではないでしょうか。余裕を持ってキャッチボールを楽しんでいる感じ。すすめた本は自分でも購入し、本棚に置いているのでは」

菜穂子は気の毒なくらいうなだれ、一冊目の本を自分の胸にぎゅっと抱えこんだ。濃紺の表紙を摑む白い指がもどかしそうに動く。

「こちらの店にいらした方にまちがいないんです。店員さんでないとしたら、いったいどこの誰でしょう」

「そうですね。ひょっとすると、うちにみえるお客さんかもしれません。このビルのテナントの社員さんが、お客さんとして本屋に来ていた。それをお母さまが勘ちがいなさって、声をかけられたとか——」

「五冊とも、同じ人だったんですよ」

「本好きの人でしたら、休み時間のたびに習慣のようにいらっしゃいます。それに、本好きは、本のことを聞かれるとついのってしまうんです。私も他店でたまたまそばの人に話しかけられて、いっしょに児童書を探したことがあります」

菜穂子はため息をつきながら、おもむろにフロアを振り返った。文庫の棚にはさまれた通路には、七、八人のお客さんがいて、それぞれ本をめくっている。あるいはじっと背表紙を目で追っている。小首をかしげ考えこんでいる人もいる。雑誌コーナーにはもっと人がいて、すでに歩くのがままならない混雑が始まっていた。

「ここをよく訪れるお客さんのひとり、ですか。もしそうだとしたら、探しようがありませんね」

「お母さまならば、顔を憶えてらっしゃいますよね？」

菜穂子の母親は何度も声をかけ雑談をかわし、その都度、本を選んでもらっている。

「ええ。でも母はもう田舎に帰ってしまいました。私もたぶんそうなります。ちょっとワーカホリック気味だったから。仕事に没頭しすぎて胃に大きな穴が開いてしまったんです。帰ってこいとうるさく言われていまして、きっとここにももう来られない。だからよけい、お会いしてみたかったんです」

五種類の本を選んでくれた人と一言でいい、言葉を交わしてみたかった。ありがとうと自分の口から伝えたかった。菜穂子はそう言いたげに何度も唇を噛み、最後に大きく息を吸いこんだ。

「もう一度、参ります。母が本を買ってきてくれたのはいつも火曜日だったので、その日にもう一度。すみませんが、今日いらっしゃらない男性店員の方にも五冊の本のことを聞いてみてください」


「承知しました。必ず確認しておきます」

深々と頭を下げる菜穂子を見送ったのちも、杏子の気持ちは重たかった。

ごくふつうの毎日に自由気ままに読む本と、入院中、何かと不自由な中で読む本とは、どうしたってちがうだろう。その味わいや感触。得るものや届くものや広がるものまでも。

いつも以上に感覚が研ぎ澄まされ、日常では流してしまうような繊細な機微に対し、心が鮮やかな反応をみせるかもしれない。共感や余韻を深い部分で感じ取るかもしれない。新しい発見があるかもしれない。

「入院中って、重くて暗くてむずかしい本は不適切とよく言われているけれど。でも簡単で軽いものが、浅いというのでもないよね」

杏子のつぶやきを聞いた多絵がうなずいた。

「同じ本でも状況によって、違うふうに読み取れたりしますよね」

「葛西さんの艶本もそうかな」

もうすぐ入院するという葛西老人のことを、杏子は思い出した。多絵が不思議そうな顔をしたので、定期購読中止の件を話して聞かせた。

「入院したら、いつも以上に、いつもの本が読みたくなったりしてね」

「私にはぜんぜんわかりませんけど、あのエッチな本を宝物みたいに大事に抱えて帰りますよね。葛西さんなら、あれで元気が出るのかも」

「ほんとにねえ」

入院先が近所の病院なら、配達してあげればよかった。考えてみればけっして不可能なサービスではないのだ。一度声をかけてみようか。たくさんの本は病床にあって負担だろうが、ほんのときどきなら気分転換になるかもしれない。

「さっき来た女の人も、病院内のゆったりした時間の中で、本を大切に読んだんだろうね」

「どんな本が届くのか、わくわくしてたんじゃないですか」

「そして毎回、期待を裏切らないの。気の利いた一冊が選び取られ、きちんきちんと病室に届けられる。いいなあ、そういうの」

最初はさえざえと美しい風景写真、そこから静謐なエッセイに移り、ちょっとユーモラスなハウツー本で遊び、ベストセラー作家の本、そして最後は不朽の名作。

「私も知りたい。いったいどこの誰なんだろう。ねえ、多絵ちゃん、探す方法ってないのかな。うちの店にいた人というのはまちがいないんだから」

「かといって、尋ね人の看板は立てられないですし」

「五冊の本に手がかりはないかな」

『宙の旅』『散策ひと里の花』『ダヤンのスケッチ教室』『民子』『夏への扉』

傾向も出版社も版型も値段も、みごとにばらばらだ。

「すみません。知らない本ばかりです。五戦全敗」

「それで言うと、私は三勝二敗か。全勝は誰だ？」

レジが混んできたのでふたりしてカウンターの内側に入り、並んだお客さんを順にさばいた。その間にも、杏子はときおり顔を上げ、フロア全体を見まわした。

所せましと積み上げられた膨大な刊行物。雑誌、文芸書、実用書、文庫。これらの中から掬《すく》いあげられた数点が、白い病室に臥せる人の心に届いた。そして、ほのかな明かりを灯したのだ。

いったい誰の手から渡された明かりなのだろう。

その人はどんな気持ちで、一点ずつ選び取ったのだろうか。

翌週の火曜日、杏子が台帳の整理をしていると、バイトの多絵が「おはようございます」とやってきた。

待ってました、とばかりに声をかける。

「この前の、多絵ちゃんが五戦全敗した話なんだけど」

「それってなんか、すごく聞こえが悪いんですけど。気のせいですか」

本屋の制服を着た多絵が、たちまち唇を尖らせた。

「気のせいよ、気のせい。それよりほら、すぐ思い出せたでしょ？」

「お見舞い本の件ですね」

成風堂の男性店員は結局、全滅だった。一番いい成績が二勝三敗で、店長は一勝しかできなかった。こうなると、三冊わかった杏子が大したものになってしまう。

「あのラインナップでね、私、気がついたことがあるんだ。ちょっとした共通項があったのよ」

「ジャンルはばらばらでしたよね。出版社も、値段も、著者も」

「でもね、よく考えてみたら、売り場が偏ってるの」

「売り場？」

きょとんとした多絵に向かい、杏子は得意げに笑いかけた。

「実用書の担当は福沢さんでしょ。だからたしかめたんだけど、『宙の旅』は天文関係のコーナーに差してあったそうなの。月の満ち欠けや天体図が載っているので、敢えて天文のところに置いてみたんだって。だから一冊目はあそこ」

杏子の指さす先に多絵の目が釘付けになった。

「二冊目はそのとなりの園芸コーナー。内容がかなり専門的で、花好きの人にふさわしく思えたからだって。次の『スケッチ教室』は美術書のコーナー。絵を描くためのハウツー本だもん。そしてこの三冊を見てみるとね、ほら、同じ壁に並んでいるでしょ」

一冊、二冊、と目で追っていた多絵の顔色が変わった。ほっぺたがきゅっと動く。

「浅田次郎はどうなんですか？」

「それなのよ、これは本来、ハードカバーの棚にあるべきなんだけど。でもね、少し前まではあそこにあったのよ」

杏子の指し示すのは、左手入り口に設置されたイベント台だ。成風堂では人気作家にスポットを当て、その著書を大々的に紹介している。現在は村上龍だが、その前は浅田次郎だった。エッセイや小説だけでなく、評論や特集記事を載せた雑誌、映画化ドラマ化した場合は写真集の類まで並べてある。

「今回の場合、初めからお見舞いとしてリクエストされた本でしょ。だったら一般文芸書の棚にあるエッセイや、軽く読める新書、写真集の棚にある風景の本でもよかったと思うの。この頃は児童書にだって大人向けのきれいな絵本がたくさんあるし」

「たしかに」

成風堂では百坪ほどのフロアに、本がぎっしり配置されている。その本屋によってもちろんレイアウトはさまざまだろう。だが成風堂においては、杏子が指摘したように四冊の本の場所は、フロアのほんの一角に集中している。

「たまたまかもしれないけど、謎の人物は狭いエリアからチョイスしている。つまり、そのあたりに自分の好きな趣味の本があって、いつも立ち読みしてたんじゃないかな。どう、この推理？」

「えっと……」

多絵が何か言いかけたが、杏子はそれを遮るように大きく手を振った。

「ただねえ、これだと最後の五冊目だけが推理から外れてしまうの。『夏への扉』はハヤカワ文庫の棚にしかない。ぐーっとまわりこんで、お店の右側だもん。惜しいなあ。左サイド愛好者じゃないいんだねえ」

残念そうにハヤカワ文庫の方を向いていると、多絵はしきりに自分の指をくっている。

「あそことあそことあそこ――ですか」

「おもしろいと思ってくれた？」

「思いました」

じっと考えこみ、鼻の頭を指先でぎゅっと押しつけ、多絵は問題の壁面に向き直る。そしてふいに、解けなかったパズルを解いたときのような満面の笑顔を浮かべた。

「そっか。わかったかもしれない」

「ほんと！」

「四冊も集中していれば充分です。謎の人物は、あのエリアから本を選ばねばならない理由があった。杏子さんの着眼点、どんぴしゃりです」

「やった！　それで誰なの。早く教えて」

気《せ》が急くが、レジが混んでお呼びがかかった。電話も鳴り、図書カードの購入客が現れ、雑誌の切り抜きを手にした女子高生がうろうろ店員を窺っている。

電話を店長に任せ、レジの応援に多絵を入れ、杏子は図書カードを数えながら女子高生に「お待ちください」と微笑みかけた。

女子高生の切り抜きは、発売日が数日に迫ったエッセイ本の予約注文用紙だった。人気アイドル歌手の本なので、入荷数の予測がむずかしい。山積みになるほど入るときもあれば、きっちり事前注文分しか出してくれないときもある。切り抜きを見る限り、予約締め切り日はとうの昔に過ぎていた。

杏子は出版社や取次会社にかけあい、現在の予約数以上の入荷があるかどうかを確認したが、渋い返答しか得られなかった。女の子には不透明な状況であることを説明した。

もしも予約ギリギリの数しか入らなかった場合、当日購入は無理かもしれない。数多く入ってくれば優先的にまわせるが、それでもいいかどうか。わかりやすく説明した上で、この店に頼むか他店にあたるか、しっかり相手に決めてもらうのだ。安請け合いすると後々揉《も》め事になる。その人が熱烈なファンだった場合、「買えないのはぜったいイヤだ」と当日、店頭で怒鳴られかねない。

結局、遅れてもいいから注文したいとの返事を受けて、杏子はあらためて予約番号を手渡した。台帳の通信欄に「遅延了承済み」という一言も書き添えた。お客さん本人との交渉が成立しているのを明記しておかないと、今度は処理をする店員の方で混乱が生じる。

ひととおり作業を終えて顔を上げると、目の前に例の見舞い本の客、河田菜穂子が立っていた。前言通りの再訪だった。今日はグレーのゆったりしたニットに、踝《くるぶし》まである丈の長いロングスカートをはいていた。黒いソックスとスニーカーを合わせているので、小粋で活動的で、化粧っけの薄い顔にとてもよく似合っている。

ワーカホリックと自称するからにはバリバリのキャリアウーマンなのかもしれないが、数日前に出会ったときよりも、さらに印象がやわらかくなっていた。

レジの混雑も一段落していたので、杏子はカウンターから離れ、菜穂子のもとに歩み寄った。

「この前の件ですが、残念ながら、やはりうちには該当する店員はおりませんでした」

「そうですか……」

「でも、ちょっと待ってくださいね」

さっきの話の続きとばかり、杏子は多絵を呼び寄せた。

「謎の人物が誰なのか、この子にはわかったそうなんです。だよね、多絵ちゃん」

「と、思います」

がっかりしていた菜穂子の表情があわただしく動く。

「やっぱりいるんですね、ここの本屋さんに」

多絵は、杏子と菜穂子の顔を見比べながらうなずいた。

「お客さまのお母さまは、その男性が成風堂の店員であることに、少しも疑いを持たず声をかけたのだと思います。これって、重要なポイントですよね。いくら紛らわしいかっこうをしていても、まったく関係ない人をここの店員と誤解するなんて、ふつうではありえません。エプロンをつけているとか、手ぶらだとか、似たような制服を着ているとかあったとしても、いきなり本の相談を持ちかけるのは不自然だと思います」

　菜穂子は困った顔で小さく息をついた。

「先だって母に電話で確認したのですが、自分は何もまちがえてないと言うばかりで……」

「誤解するにはもっと決め手がいります。相手だって、ほんとうに勘ちがいされてたら、ちゃんと否定くらいするはずです。『ここのお店の方かしら？』とたずねられ『いいえちがいます』という会話は、あってしかるべきです」

　今度は杏子が唸った。多絵の言っているのはもっともだ。いくら毎日通う本好きでも、他店の従業員のふりはしないだろう。じっさい杏子もフロアを歩いていると、『ここの店の方？』と確認されることが多い。こういった雑多な店が集まるビルの中では、制服姿でうろついている人がかなりいるので、お客さんの方も用心深くなるようだ。

「けれどお客さまのお母さまは、ぜったいそうだと確信があったからこそすぐに声をかけ、相手も特に否定しなかった」

「待ってよ、多絵ちゃん。誤解は誤解でしょ。だってちがうもの。うちの店員にはいないのよ」

　多絵はちょっと微笑み、白い歯をのぞかせた。

「杏子さん、店員ではありませんけど、お客さんでもない人がちゃんといるじゃないですか」

「どういうこと……？」

「書店員と変わらない仕事をしていて、この店に本を買いにみえる方がその人にとってもお客さんであって、だから大切で、声をかけられると丁寧に応対し、多少の誤解も敢えて否定せずきちんとした接客態度をとる人――」

　そこに、ベストセラーの豪華壁掛けパネルを抱えた女性が横切り、「ここの柱でいいですか、店長さん」と、大きな声をあげた。店長はすぐやってきて、もっと右、いや左と言っている。

販元の営業さんだ。

マスコミで大きく取り上げられている新人作家を抱え、いかにも機嫌良さそうなその営業さんは、杏子たちの視線に気づかず、まわりのお客さんにニコニコ特上の笑顔をふりまいていた。この地区の担当になって長いので、お客さんに「漫画はどこですか」とたずねられ、「向こうですよ」と達者に応対している。

「もしかして、営業さん？　あの調子なら、そりゃうんと紛らわしいよね」

「え？　あの方はここの店員さんではないんですか？」

菜穂子はびっくりしたように目を丸くした。

「ちがうんですよ。出版社の人なんです」

「では、ひょっとして母が声をかけた相手というのは……」

「火曜日とおっしゃいましたね」

多絵は念を押すように言った。

「火曜日で、場所は、選ばれた本のラインナップからすると店の左サイド、実用書の並んだあたり。そこで、紛らわしくも欠本チェックのための専用端末を使い、せっせと『仕事』してる人となればもうひとりしかいません。ね、杏子さん？」

多絵の言葉に、杏子は問題の場所を振り返った。

「そうか。地図ガイドの版元さん。名前は……たしか島村《しまむら》さんだっけ」

成風堂は旅行書がよく売れる。東京近郊の駅ビルの中とあって、親元から会社に通うビジネスマンやＯＬが多い。定年退職し、悠々自適の暮らしにある比較的裕福な熟年層も多い。

彼ら彼女らは、とても気軽に日本各地、世界各地に旅立っていく。そこで地図ガイドを出している出版社は専属の担当者を毎週よこし、彼らが売れ筋の補充と客注本の手配をこなしているのだ。

その中でも「主に火曜日」となれば、たったひとり。

杏子がさっそく声をかけて手招きすると、端末を片手に彼、島村がやってきた。こざっぱりとした髪型同様、くせのない端整な顔立ちで、好青年の見本のような男だ。

営業ならば人当たりのいいのは仕事柄と言えなくもないが、杏子は今まで、その仕事ぶりから彼にかなりの信頼をおいていた。取り寄せ本はまちがえずに必ず入れてくれるし、在庫の薄い要注意の本はちゃんとそう言い、あとから忘れず連絡をくれる。当たり前のようだが口先ばかりでいい加減な営業はたくさんいる。

ガイド関係でお客さんにたずねられたときに、彼がいるとほっとしたものだ。ひとり旅の宿を紹介した本も、キャンプ場ばかりを載せた本も、パリのアンティークショップを細かく掲載した本も、美術館の案内書も、たとえそれが自社で扱っている本でなくとも、知りうる限りのことを教えてくれた。

「島村さん、ちょっと伺いますけど、以前、お客さんに声をかけられてお見舞い用の本を選んでくださったこと、ありますか？」

杏子が切り出すと、島村は如才《じよさい》ない笑みを引っこめ表情を曇らせた。

「ええ……はい。それが、何か？　まずいことでも？」

「ううん。そうじゃないんです。お問い合わせがあったんですよ。それでもしかして島村さんかなと思って」

「欠本のチェックをしていたら声をかけられました。見ると、レジは混んでいて、皆さんとても忙しそうだったんですよ。そこで私が勝手に選んですすめてしまいました。出過ぎていましたか？」

すまなそうにしてみせる相手に、杏子はあわてて首を振った。

「ちがうの。助かりました。良い本ばかり選んでもらったと、そのお客さんがとても喜んでらっしゃったから」

「だといいんですけれど」

「一冊目は『宙の旅』――でしたよね？」

「はい」

島村の顔が安心したように明るくなった。子どものように無邪気に目を細める。

「選んだ本がみんなあのあたりに固まっていたでしょう？　だから島村さんかもしれないと、多絵ちゃんが言い出したんですよ」

島村は多絵のことも知っているので、「ああ」と親しげな声を出す。

「仕事をしながらだったもので」

「そのわりには、五冊目の『夏への扉』だけは離れていません？」

「すみません」

またしてもすまなそうに小さく頭を下げながら、彼は握った拳を口元にあてがった。

「だんだん図に乗ってしまいまして、三冊目からはかなり自分の好みです。特に五冊目は、確信犯ですね。その――病室で受け取っている方というのが、なんというか……えっと……つまり、嬉しい反応を見せてくれると言いますか。私がすすめた本で、私が好きだったところをちゃんとわかってくれるような感じだったんです。お母さまからの、あくまでも又聞きで、私の勝手な思いこみなんですけど。嬉しくてつい、『これを読んでほしい』というのを渡してしまいました」

杏子はちらりと菜穂子の様子を窺った。目指す相手がみつかったとサインを出したつもりだが、彼女はぼんやり立ちつくし、さっきまでとは別人のようだ。

「島村さん、もしかして、六冊目の本も決めていましたか」

杏子の横に張り付いていた多絵が、島村にたずねた。

「え？　だから、それは……」

「あ、図星でしょ。聞きたい。なんの本ですか？　ひとつくらい、私にも勝てる本だといいなあ」

島村はすっかり照れたように頭を掻き、「ナイショ」と小声で言った。

そう答えるからには、すでに選んでいた次の本があるのだ。

杏子はもう一度、菜穂子の方を向いた。それにつられ、島村も首をひねった。すぐ近くに立つ見慣れぬ女性に初めて気づく。

彼の視線が動き、ふたりの目と目が合う。

菜穂子の胸がひときわ大きくふくらんだ。たじろぐような、息をのむような、驚きとも怯《おび》えとも見えるたよりない瞳で島村を見返す。きゅっとすぼめてしまう細い肩と、固く握りしめられる白くて長い指と。

「猫が――お好きなんですね」

菜穂子の薄紅色の唇から、一言だけこぼれた。

彼は間の抜けた声で「はあ」とだけ答え、少しだけ不思議そうな表情を浮かべた。

そんなふたりを見て、杏子が何か言いかけた瞬間、左奥から声がかかった。

それこそ地図ガイドの担当者、成風堂の社員であるところの福沢が、出版社の営業を呼んだのだ。

「島村くん、中高年向けの登山ガイドって、今あそこにある種類しかないのかな。もっと字の大きいのがあるかどうか、お客さまがおたずねなんだよ」

「ああ。でしたら――ムックはどうです？」

あっという間のことだった。

島村は杏子たちに会釈《えしやく》し、端末機を抱え自分のテリトリーへと戻っていった。

微妙な緊張がゆるみ、三人はほっと息をついた。

「わかってよかったですね」

杏子がそう言うと、菜穂子は深々と頭を下げた。

「ありがとうございました。これで気がすみました……」

「え？」

「どんな方なのかわかって、とても嬉しかったです。心残りがなくなりました」

「ちょ、ちょっと待ってください。せっかくなんです、話していけばいいじゃないですか」

「ええ。でも、もう――」

「今は仕事中ですけれど、すぐに終わりますよ。ああやって欠本の発注がひととおりすめば、この店での仕事が終わるんです。話をする時間くらいできますよ」

杏子の目の前で、きれいに整えられたショートカットの髪が左右に揺れた。

「もういいんです」

「どうして？　島村さんはまだ、あなたが本を読んでいた相手とは知りません。言えばきっと喜びますよ。さっきだって嬉しそうに話していたじゃないですか」

「気がすみましたから」

菜穂子は肩から提げた大振りのショルダーバッグを引き寄せ、まるですがるかのように胸に抱きこむ。たった今、彼と目が合ったとき、困っているようにも見えた眼差しはもうない。

かわって――

「何を話していいのか、わからない」

「は？」

「恥ずかしくて……だめ。照れくさい。どうしよう。私、やだわ。なんだか顔が赤いみたい」

杏子から見れば三つ四つ年上だろうが、目の前にいるのはまるで中学生の女の子だ。邪気のない双眸《そうぼう》にきらきら輝く光を浮かべ、ほんとうにほっぺたがうっすら赤くなっている。

「実は、お礼がてら差し上げたいと思っていた本があるんです。この……ポストカードをはさんで、渡せたらいいなって」

菜穂子は鞄から、葉書のようなものを半分だけ引き抜いた。けれど杏子と多絵がのぞきこむ前にかくしてしまう。

「だめ。できないわ、そんなこと。お願いだから、私のことは言わないでください。入院していた者がお礼を言っていたと、それだけを伝えて」

「そんなあ、せっかくなのに」

彼女は後ずさり、地図ガイドの棚をちらりとだけ見て、あわてて背を向けた。胸の動悸が伝わってくるような仕草だ。そして本屋のフロア、右半分だけを眩《まぶ》しそうに見渡す。

「本屋さんって、私の知らない世界が詰まっている場所でした。今まで、とっても狭い視野しか持っていなかった。そんなことも、あの五冊の本で思い知らされました。一本の樹も、小さな花も、街角も、出会いも、夢も、自分のすぐそばにあったのね。いい経験でした。あれは大切な宝物です。どうかさっきの方に、よろしく伝えてください」

「それでいいんですか」

「私はもう、この店には参りません。たまたま入院先がこの近くだったもので、母も何度となく寄らせてもらいましたが。じっさい私が住んでいる場所は、けっこう離れているんです。来る用事もなくなってしまったし。いろいろほんとうにお世話になりました。いい本に巡り合えて、楽しかったです。これからいっぱい読みます。ありがとう。そして、さようなら」

それ以上引き留める言葉が杏子にはなかった。去っていく後ろ姿を見送り立ちつくすしかなかった。そばでやりとりを聞いていた多絵も複雑な顔で仕事に戻る。といっても、コミックのビニールかけだが。

先ほど登山ガイドをたずねたらしき熟年夫婦が、仲良さそうにお喋りしながら二冊のガイドブックを手に目の前を横切っていった。今度は一般書の前で立ち止まる。

島村の仕事も終わったらしい。端末機をバッグにしまいながらやってきた。売り上げスリップを回収するためだ。あらかじめ用意してあったそれを杏子が手渡す。

そしていつもなら、そのあと会釈ひとつで帰っていくのだが、今日に限り何か言いたげなそぶりを見せた。

「あの……木下さん」

「はい」

「さっきそこに立っていた人は、どなたですか？」

真剣な眼差しで問いかけられ、杏子はとっさに目を伏せた。

「もしかして私の選んだ本を、入院先で読まれた人じゃないですか？」

「どうしてそれを」

「だとしたら、六冊目を今日、持ってきているんです。勝手に自分の好みを押しつけてしまったお詫びに、差し上げたいと思って鞄に入れてきました」

杏子は返事もそこそこに、夢中でエスカレーターを指さした。

「早く行って。まだ間に合います。あそこからたった今、下の階におりていったから」

「やっぱり？」

「ダッシュよ、ダッシュ！」

とたんに、スーツの裾がひるがえった。くったくのない明るい笑顔と共に、放課後の部活に向かう少年のような足取りで、島村は通路を横切っていく。立ち去ったばかりの、後ろ姿を追いかけて。

「なんでわかったんだろう。私たち、何も言ってないよね！」

思わず大きな声をあげると、多絵がくすくす笑った。

「杏子さんが名前を出したのは『夏への扉』だったでしょ？　あれって猫が出てくるじゃないですか」

そういえば彼女は島村に向かい、「猫がお好きなんですね」と言っていた。

「でも一冊の本だけで、それを言うのは不自然ですよ。そう思いませんか？」

「思う。思うよ」

「島村さんはさっき、三冊目から自分の好みを出してしまったと言ってたでしょ。三冊目の『ダヤン』って……」

「ああ――」

猫だ。ダヤンは猫で、猫が教える絵の描き方というスタイルになっている。

なるほど、という顔になった杏子に、多絵はもうひとつ笑いかけた。

「そして四冊目――。私、店長にどんな小説かって、聞いてみたんですよ」

「浅田次郎の本だったよね」

「ええ、立派なベストセラー作家です。でもね、その本の中身は小説ではなく、フォトストーリーになっているそうです。でもってタイトルの『民子』というのは人の名前じゃない」

「まさか」

「猫の名前ですって」

五冊のうち、三冊に猫が登場していた。それをよく知る彼女は、初対面で思わずあの言葉を投げかけた。そして彼も気づいたのだ。なぜあの女性が、自分の好みを簡単に言い当てたのかを。

「さっきここで菜穂子さんはポストカードを出しかけていたでしょ。あれも、もしかしてって、思うんですよ」

多絵が指さす先にポスターが貼ってあった。

近頃とみに売れ行きを伸ばしている女性作家の、初エッセイ集だ。「特製ポストカードつき」とある。タイトルに猫という言葉が入り、ポスターの中でもふわふわの仔猫がタンポポにじゃれついている。著者の飼い猫だろう。

杏子は思いつくまま、ぽつんと言った。

「案外、島村さんが六冊目に選んでいたのも、同じ本だったりして」

多絵がすぐに応じた。

「そしてやっぱり、ポストカードにメッセージを書いているんですね？」

エスカレーターの先でふたりは無事、巡り合えただろうか。

島村が自分の鞄から一冊の本を取り出し、それを見て菜穂子は驚く。

彼女が用意していた本と同じだったから――。

中には互いに、一枚のポストカードを忍ばせて。

見知らぬ相手に思いをはせた、たどたどしいメッセージがそこにはあるのだろう。

「いいねえ、なんか」

「いいですよねえ」

「あーあ」

「ほんとうによかった。私、これでやっと一勝ですし」

「何それ」

「ちゃんと一冊、当てたじゃないですか。ぜったいに六冊目はあれですよ」

そういう問題ではないだろうと抗議しかかると、多絵がムッと眉を寄せたので、年長者らしく引き下がる。

「はいはい。記念すべき一勝の本を、多絵ちゃんの誕生日プレゼントにしようかな」

「メッセージカードも、添えてくれますか？」

「はいはい」

多絵の顔が和らぐのを見て、杏子は思わず、そのほっぺたを小さくつついた。

ディスプレイ・リプレイ

本屋には入荷してくる本と共に、出版社からの大きな封筒が連日届く。中身はさまざまなチラシと注文用紙、企画物についての説明書や案内状で、厚さ一センチにも迫る堂々たるしろものだ。

書店員になりたての頃、杏子はこういった封筒を開くのが楽しみだった。出版社が力を入れる新シリーズの説明書も、風変わりな全集のカタログも、色鮮やかなカラー広告も、自分の担当ではないジャンルの注文用紙も、いちいち心が躍り、興味が募り、見入ってしまった。

出版社からの封筒は杏子にとって、まるでおもちゃ箱のようなものだった。中から不思議なもの、楽しいものが飛び出し、目の前に賑《にぎ》やかに広がった。

時間がゆるせば今だって、顔をゆるめて眺めまわし、チラシの山と遊べそうな気もするが、さすがに仕事となれば遊んでばかりもいられない。

封筒の中から必要な書類だけを選び取り、あとはすっぱりきれいにその場で破棄する。惜しんではいけない。下手に残せば引き出しはすぐ満杯になる。誘惑してくる広告のひとつひとつにときめいていたのでは、ちっとも仕事が進まない。もっと、やるべきことがいろいろあるのだから。

でも、

「エルメスのバッグ？　なになに。ああ、特賞がバッグなんだ」

破棄すべき一枚の案内状に、どうしても目を奪われた。

「エルメス？」

レジで封筒を開いていたので、並んで作業をしていたバイトの女の子が聞き返した。新しく入ってきた元気のいい大学生で、名前を角倉夕紀《かどくらゆうき》という。

「ほら、こんなに豪華な景品がつくんだって。いいよね、取れたら」

夕紀がのぞきこむのに合わせ、杏子は本にカバーをかけたり袋に入れたりする作業台の上に、そのパンフレットを広げてみせた。

特賞・一店舗さま　豪華エルメスバッグ
佳作・三店舗さま　二万円相当のお食事券
入賞・十店舗さま　ゴディバの高級チョコレートセット
他、各賞有り　景品続々　作者からのサイン入りグッズも予定しています。
参加賞としまして、もれなく図書カードを進呈

「なんですか？　これ」

「ディスプレイコンテストよ」

首をかしげる夕紀を見て、杏子はごく簡単に説明した。

「こういう企画がたまにあるのよ。出版社の販促活動のひとつなんだけど、自分のところの本を売ってもらうために、本屋向けにコンテスト形式の賞を設定するの。本屋がその企画に乗り、店頭にきれいに飾り付けて様子をレポートし、出版社に送ると……ほら、うまくすれば特賞や佳作に選ばれ、賞品がもらえるのよ」

夕紀はますますびっくりした顔になり、昨年の受賞作というスナップ写真に釘付けになった。

ディスプレイコンテストは各出版社がよく使う手で、春の新入学フェアや夏のコミック祭り、秋のファッション特集、といった定番はもとより、新刊雑誌を盛り上げるために、発売前から豪華景品で参加を呼びかける大騒ぎもある。

「いいなあ、エルメスのバッグに、お食事券ですか」

「でもほら、ここまでやらないと取れないのよ。むりむり」

今回、ブランドバッグで釣るコンテストは、アニメにもなった人気漫画の販促フェアだ。

昨年、似たような企画が催され、そのときの様子が参考までにと掲載されていた。

カラー写真で紹介された入賞作は、天井から飛行船の模型がぶら下がり、入道雲がむくむく立ちのぼり、登場人物たちの切り抜きが飾り立てられ、左右では迫力満点のドラゴンが火を噴いていた。

「これってみんな手作りなんでしょうか」

「そのはずだよ。模造紙や段ボールをうまく使って、凝りまくったものを作っているんだよ。すごいね」

夕紀はやけに真剣な顔つきでつぶやいた。

「うちの店ではやらないんですか？」

「やらないも何も……こういうのには絵心がいるのよ。絵が描けないと話にならないし、飾り立てるセンスもいるでしょ。残念ながらうちではねえ」

杏子が肩をすくめると、夕紀は探るような目で問いかけた。

「やっちゃいけない、というわけではないんですね？」

ここまできてやっと、杏子は夕紀に向けていた眼差しをあらためた。

「角倉さん、やってみたいの？」

照れ笑いがぱっと夕紀の顔に広がる。

「絵を描くのは好きなんですよ。下手ですけれど。それに私、将来は広告業界が志望で、ディスプレイと聞くとなんだかじっとしていられなくて」

「そうなんだ」

お客さんがやってきたのでふたりして接客し、会話が途切れたが、その間杏子は売り場をちらちら見ながら考えた。

杏子の勤める成風堂は、若い女性向けの明るく爽やかな店舗作りを目指している。ビラやポップ、ポスターといった販促物は、ともすると雑然とした印象を与え、うるさくなってしまう。そこでむやみに置かず貼らず、見た目すっきりを従業員一同、心がけているのだ。

けれどもたまにはいいのではないか。賑やかな飾り付けがいけないわけではない。店全体の雰囲気を損なわないようエリアを区切り、担当者が責任を持ってフェアを展開すれば問題はないはずだ。

何より今は杏子がコミックを担当している。今回の対象商品は大手出版社の超人気コミック『トロピカル』で、掲載誌は少年漫画誌だが女性にもよく売れている。

華やかな飾り付けで売り場を盛り上げれば、お客さんの目を楽しませることもできるだろう。

「角倉さん、ディスプレイ、本気でやってみたい？」

「はい。やりたいです」

杏子が問いかけると、夕紀は迷うことなく即答した。

「あんまりお金はかけられないよ。予算的には紙代やサインペン代くらいがせいぜいだと思う。

その代わり、みごと入賞したら、景品はそっくりあげる」

「いいんですか？」

「今、店長に聞いてくるね」

「あの……もしもやるとしたら、学校の友達に手伝ってもらうっていうのはどうでしょうか。何人か、やってみたがると思うんです。『トロピカル』のすごいファンもいますし。キャラクターの絵ならば、その子が自在に描いてくれると思うので」

手伝ってもらうのはかまわないが、謝礼はそうそう用意できない。杏子がそんなふうに言うと、夕紀は明るく手を振った。

「じっさいのお店に飾り付けができるなんて、いい勉強です。学園祭の模擬店だってすごく頑張ったんですよ。それに、大丈夫。ばっちり腕を振るってエルメスをゲットしますから」

「うーん、チョコレートくらい、取れるといいよね」


杏子が店長に話を持ちかけると、コミック担当者の責任内で、という条件つきで了解が得られた。さっそく夕紀に返事を伝え、杏子自身、あらためてコンテストの企画書に目を通した。

それによれば、必要事項を書きこんだエントリーシートの提出が義務づけられている。あくまでもディスプレイが審査の対象なので、売り上げにどう結びついたかの数字的報告は求められていないが、現在十四巻まで出ているコミックの注文書はしっかり添付されていた。

売れない商品ならばともかく、『トロピカル』だったら安心して大量注文できる。このあたりも杏子にはありがたかった。テレビ化、映画化で弾《はず》みがついている漫画だけあって、飾り付けたときのお客さんの反応が今から楽しみになる。

ファックスを送信していると、もうひとりの女子大生バイト、多絵が事務所に入ってきた。返本の雑誌を置きながら、ちらりと杏子の手元を見る。

「多絵ちゃん、なんだと思う？」

「注文用紙ですか」

「ううん。ディスプレイコンテストのエントリーシート」

夕紀と違い、成風堂に入ってもう一年になる多絵だが、それでも意味がわからないらしくとまどった顔になる。

「うちは今まで、こういうの、一度も参加してないもんねえ。出版社の主催する販促企画があって、優秀賞に選ばれると豪華な賞品がもらえるのよ」

「へー」

「どこかの本屋さんで見たことない？　新入学フェアならばよくやってるでしょ。ランドセルをしょった男の子と女の子がパネル仕立てで飾ってあって、造花でできた桜のアーチがあったり、校舎の絵が背景についていたり。そして、その中央に学年誌がドカンと積み重なっている……」

多絵は「あーあ」と間延びした声で応じた。

「あれって、本屋さんが飾り付けているんですか」

「そうだよ、いろいろ工夫して頑張っているところもあるわけ。あとで写真を見せてあげるね。『よくやるよ』と言いたくなるくらい、凝りまくった作品もあるんだから」

杏子は自分で口にした「作品」という言葉に、ひとりで受けてしまった。これまでたびたび結果報告のチラシを見てきたが、優秀賞に輝いたディスプレイはどれもこれも生半可なものではない。

手作りのたどたどしさはあるものの、パワーやエネルギーに満ちていて、芸術的でさえあるのだ。

「うちもやるんですか？」

「パンフレットを見ていたら、角倉夕紀ちゃんがやりたいって言い出したの。前からそういうのに興味があったらしい。張り切っているよ。みごと入選したら景品はあげるつもり。っていうか、それくらいしかお礼ができないんだけれどね。かまわないって言うから」

「なんか、おもしろそうですね」

ファックスし終わったエントリーシートを見ながら、明るい声で多絵が言った。

「多絵ちゃんも、手伝ってあげてね」

「え？　いいんですか、手伝っても」

聞き返されて、杏子はとっさに言葉に詰まった。他の人間相手ならば、「もちろん」と気安く答えるだろうが、こと多絵となると微妙に二の足を踏んでしまう。いや、気持ちの上では充分助力を期待したいし、総合能力は評価しているのだが。

「杏子さん、今、何を考えてるんですか？」

「うーんと、えーと、その……」

「課題は『トロピカル』ですね。私、今日から夜なべして、アロハシャツを縫おうかな」

南海の王国を舞台にした宝探し冒険談なのだ。登場人物のひとりがいつもパイナップル柄のアロハを着ている。

「無理だと思う」

「何か言いました？」

裁縫をする多絵を想像しかけて、杏子は首を思い切り振った。針に糸が通る前に夜が明けるだろう。以前、ちらりと聞いたことがある。成績優秀な多絵が医学部を断念した唯一の理由、それは、「お前には人間の腹は縫えない」という同級生の痛烈な一言だ。

とても鋭い忠告だったと、多絵の不器用な指先を見るにつけ、深くうなずく杏子だった。


多絵のアロハはもちろん大言しただけで終わったようだったが、夕紀の意気込みはいたって本気で、それから一週間後、閉店の一時間前に同じ大学という友達が大荷物と共に成風堂に現れた。夕紀と同じ学年の渡辺紗弥加《わたなべさやか》と、一学年上の佐野佳彦《さのよしひこ》のふたり。

事前に夕紀より「こんなふうにしたい」というプランを見せてもらっていたので、杏子はさっそく用意していた平台を片づけ始めた。

入賞を狙うというだけあって、彼らの持ち寄った作品は、どれも唸るほどの出来映えだった。

佐野はひょろりとした優男タイプの大学生で、初対面の杏子相手にも物怖じせず、てきぱきと飾り付けに入り、たちまち南の島の椰子の木を書棚の上に組み立てた。

長い髪をひとつに結んだ紗弥加は、初めのうちこそ慣れずに夕紀の後ろにへばりついていたが、キャラクターの絵を褒《ほ》める成風堂スタッフに気をよくし、みんなが忘れがちの肝心のコミックを丁寧に並べてくれた。

夕紀は夕紀で、しゃがみこんだり背伸びをしたり、近づいたり、わざわざ後ずさって通路から眺めたりと忙しい。自分からやらせてくれと言い出しただけに、責任を感じているようだ。今日の明け方までかかって、色鮮やかな大型パネルを作成したという。

そして閉店を知らせるアナウンスが流れ始める頃、成風堂の店頭、向かって右サイドのコミックコーナーの前に、超人気漫画の華々しい特設台ができあがった。

忠実に再現した大きなタイトルロゴと、巧みに描き分けられた登場人物たちと、不思議なモンスターと、いわくありげな宝箱と。そしてバックには椰子の木、青い空、白い雲。

「こりゃ立派だ」

遠巻きに見ていた店長も、形になるにつれ何度も感嘆の声をあげた。

「次からは正規のバイトとして、飾り付けの仕事をたのもうかな」

まんざら冗談でもない店長の口ぶりに、佐野が一番喜んだ。彼もまたこういった仕事に就きたいらしい。

居合わせたお客さんの多くが前で足を止め、子どもなどは目を輝かせてイベント台に突進する。

「明日になれば映画のチラシと割引券が届くから、もっとかっこがつくよね。そうそう、関連本もいっぱい注文したから……あれはどこに置こうか」

杏子の言葉に、夕紀よりも早く紗弥加が反応した。

「『サウス・パラダイス』ですか？」

『トロピカル』から出た、豪華イラスト集のタイトルだ。

「それもだけれど、アニメの原画集やノベライズもたのんだの。店長からは、本物の南国写真集まで置いてくれって言われているけれど、どう思う？」

茶化して笑いながら杏子が振り向くと、腕を組んで立っていた店長が「はいはい」とうなずいた。

「置いてくれる交換条件に、今日の晩飯は奢《おご》りましょう。ただし、うんと安い居酒屋で」

たちまち歓声があがった。夕紀も紗弥加も佐野も急いで片づけにまわり、ガムテープやら鋏やらを自分たちの鞄にしまった。完全に閉店してしまう前に、他のお客さんたちと同じようにビルの外に出なくてはならない。佐野と紗弥加は部外者なので、杏子たちのように、従業員専用の出入り口が使えないのだ。

最上階にあるレストランフロアが営業中の間は、そちらにまわって直通エレベーターから表に出るという裏技もあるが、それでも、本屋のフロアからレストランフロアまでは、従業員専用のエレベーターを使わなくてはならない。

閉店後のレジ締めのあと、居合わせた他のスタッフと共に佐野たちと合流し、杏子たちは店長奢りの居酒屋へと向かった。


翌日、映画のチラシやイラスト集が予定通りに届き、できあがったばかりのディスプレイに花を添えた。顔なじみの子どもたちが素直に褒めてくれるのも気持ちいい。

夕方になると制服に着替えた多絵が現れ、もじもじしながら布きれを差し出した。トイレで手を拭いたばかりの丸めたハンカチに見えたが、これといって濡れていない。広げてみると、奇妙なゆがみが生じていて、ところどころが不格好に縫い留められている。

「ちょうどいい柄があったでしょ。ほら、パイナップルですよ、パイナップル」

「これ、……何？」

「やだなあ、見ればわかるじゃないですか」

「わからない」

てのひらに載るくらいの大きさで、柄のかわいさはわからないでもないが、パズルのように複雑にねじれている。無理に開こうとすると壊してしまいそうで、どうにも心許《こころもと》ないのだ。

「この前、作ると言ったでしょ」

「もしかして、アロハシャツ……？」

そう意識すれば、辛うじて筒状になった袖らしきものが、杏子にも判別できた。けれども断じて襟はないし、裾だってどっちだろう。

「ミニチュアサイズにしてみたんです」

にっこり笑う多絵を見て、杏子はその努力だけをかうことにした。彩り鮮やかに飾り立てられた漫画の世界に、多絵も参加してみたくなったのなら、そういう気持ちがそもそも嬉しい。

それに、加わりたくなったのは多絵だけではない。女子高生や子どもたちからも、フェルトの人形や色紙、紙粘土でできたフルーツまで持ちこまれ、みんなしていっしょにディスプレイを盛り上げることになった。


六時をまわる頃、学校帰りらしき紗弥加が店に現れ、映画のチラシと割引券を受け取った。もちろんコミックコーナーに立ち寄り、バイトに入っていた夕紀と共に、自分たちの作品チェックもおこたりない。

「ありがとう。評判は上々よ。売り上げにも繋がっているみたい。『トロピカル』をここから取って買っていく人がいるから」

杏子が声をかけると、並んで眺めていた紗弥加と夕紀がくすぐったそうに肩をすくめた。

「そうそう、店長がね、『宝島』みたいな児童書も置いたらと言うの。どう思う？」

「ぜんぜんかまわないですよ、ねえ」

夕紀は紗弥加に笑いかけながら、乱雑になっていた本の整理を始めた。

「杏子さん、気を遣わないでください。目標があったおかげで私たち、思い切り頑張れました。あとは全部お任せしますから」

「そういってもらえると気が楽になるけれど。なんたって成風堂ではめったにない試みだから、店長もだけど、お客さんまで興奮気味なのよね」

「あの……」

ふいに紗弥加が割って入った。

「すみません、あそこのあれはなんでしょう」

紗弥加の指の先には今日になって新たに加わったお客さんからの差し入れがあった。色紙やフェルトのマスコット、そして多絵のアロハもどき。

「置かせてほしいという申し出があったのよ。全体を見て、そう違和感がなかったから、あそこにまとめてみたの。変？　だめ？」

「いえ、そうじゃないんですけれど。ちょっとびっくりして。なんだろうなって……」

紗弥加は昨日と同じく長い髪をひとつにまとめ、きれいな顎のラインを見せながら、視線を一点に注いでいた。

「なんだろう」と言われ、杏子としてもいたく同感し、こめかみに指を押し当てた。

「だよねえ。私もそう思う。もうほんと、なんだろう。でも本人はとっても真剣で、一生懸命なのよ。ゆうべはあれのために寝ていないと思う」

「あれは……誰が？」

「誰だと思う？」

話していると、いきなり背後で咳払いがした。

「多絵ちゃん。いつから立ってたの」

「何が『変』なんですか、何が」

「そんなこと言った？　言っていた？　やだなあ、変なものなんかどこにもないよ。少なくともあれは、多絵ちゃんの力作だし」

パイナップル模様のアロハを杏子が指さすと、多絵は疑うような目でじろりと見上げる。

「上手でしょ、杏子さん。ちゃんと、上手《うま》くできたでしょ。もしかして今、外そうなんて思ってません？」

「ぜんぜん、ちっとも。あれは多絵ちゃんの並々ならぬ意志がこもっている作品だから、大事に陳列させてもらいます」

「お願いします」

夕方のゴミ捨てに行く夕紀と、それを機に引き上げていく紗弥加を見送ってから、杏子は自宅から持ってきたデジカメを用意した。コンテストに応募するためには、きれいに撮れたスナップ写真がいるのだ。コミックスが全巻揃い、イラスト集にも乱れがないところで、きちんとした一枚を残しておきたい。

「そうだ、多絵ちゃん、万が一いい賞が取れたときのためにも、差し入れのグッズはすべて外そう。その方がすっきりするでしょ」

純粋に夕紀たちだけの作品にした方が、結果に対して納得もいくだろう。

「わかりました。でも、あとでちゃんと……」

「飾るよ、飾る。力作のアロハね。写真もちゃんと撮るからさ」

お客さんの描いた色紙や手作り人形をひとつひとつ外し、夕紀たちの作った完成図をもとに、あらためてディスプレイを整える。

『トロピカル』のキャラクターたちが、明るい歓声をひびかせ、今にも売り場に駆け出しそうだ。椰子の木と、真っ青な空と、モンスターたちの迫力たっぷりのパフォーマンス。杏子は角度をたしかめながらデジカメの中に撮りこむ。

タイトル看板の位置を変えていると、帰宅途中の高校生たちが寄ってきた。部活のあとらしく大きなスポーツバッグを重たそうに抱えている。細いミュールの踵を、コツコツ鳴らしたＯＬさんも、行き過ぎたところで立ち止まりわざわざ引き返してきた。

みんな興味深そうに、しげしげと眺めまわす。口元が自然にほころぶ。この人知ってる、このモンスター知ってる、そう言いたげに目を輝かせる。

人気漫画はいつも前向きのパワーを放っているのだ。

杏子にはそんなふうに感じられた。愛されている作品は、多くの人を惹きつけ、眩《まぶ》しいほどの「華」に彩られているのだ——と。見ても幸せ、読んでも幸せ、売っても幸せ。

まさか、心ない悪意を向けられるとは思ってもいなかった。

漫画好きの素人がこしらえあげた作品を台無しにしてしまう者がいるなんて。

杏子はその夜まで、そういった危険を、爪の先ほども考えていなかった。


翌日は、朝から売り場がパニック状態だった。

初めにそれをみつけたのは早番のパートさんで、いつも通り売り場を囲むネットを外し、配達された雑誌の仕分けに入った。その作業に必要な照明を付け、雑誌の山を抱えてフロアを横切り、何気なしにひょいとディスプレイを見上げ息をのんだ。

蛇がいるのかと思ったそうだ。真っ黒な大蛇が我が物顔で躍っているように見えた、と。青い空もキャラクターたちも平台の漫画もイラスト集も、そんなふうに、黒いスプレーでめちゃめちゃにされていた。

「どうして……?」

出社してきた杏子は惨状を目の当たりにして、立ちつくすことしかできなかった。同じく早番で入った福沢が浮き足立つスタッフを落ちつかせ、いつも通りの朝の仕事、雑誌の仕分けに入る。そののち、ディスプレイを片づけ始めたが、間に合わずに開店を告げるアナウンスが流れ出した。

「しっかりしてくださいよ、杏子さん」

「だって福沢さん、こんなのってないよ。せっかくきれいに飾りつけたのに、誰がこんなことをするの。ひどいよ」

「昨日の閉店後、何者かが忍びこみ、しでかしたんでしょう。ここはひとまず片づけ、あとでゆっくり考えましょう」

「どうしよう。私……」

夕紀と佐野と紗弥加の顔が浮かび、杏子の目の奥が焦げ付くように痛んだ。

エルメスのバッグやゴディバのチョコどころではない。彼らは見返りなど初めから度外視し、手持ちの廃材や道具で夢の世界を作り上げたのだ。

呆然としていたらしい。気がつくと杏子はレジの片隅に立っていた。いつの間にか店が開き、フロアにちらほらお客さんの姿があった。

「ありがとうございます」

レジにいたスタッフが声を出した。朝イチで雑誌を買いに来たお客さんがいたのだ。

ふと顔を上げた杏子は、買ったばかりの雑誌をぶら下げた常連客と目が合った。

ああ、今日は十五日かと思う。

大柄というか、太りすぎというか、もっさりした体つきというか、ともかくお世辞にも見てくれがいいとは言い難い風采をした男性客で、決まって十五日に朝イチで成風堂を訪れる。目当てはその日発売の月刊雑誌だ。三種類あって、全部、アニメの本。

よく雑誌などで「これぞオタク男」という、揶揄《やゆ》したイラストが描かれているが、この北島《きたじま》という常連客はあまりにもそれと酷似していた。こんなにわかりやすい外見をしなくてもいいのにと声をかけたくなるような、ある種の開き直りすら感じさせる。

そして今日も、彼はお決まりの三誌を買い上げ、太い指先で小銭を財布にしまっていた。

杏子と目が合い、北島はおもむろに、意味ありげに視線をずらした。無視したかったが、引き寄せられるように杏子はそちらを向いた。

北島の眼差しは、片づけている最中の『トロピカル』に注がれていた。スプレーのかけられたパネルやコミックは真っ先に事務所に運ばれ、残る備品をせっせと台車に移している。

「何かあったみたいですね」

「ええ、ちょっと」

ふーん、と言いたげに、大きな頭が動く。

「でもな、あれじゃな」

冷ややかな一言だった。そして北島のぽってりした唇が動き、笑みの形を取るのに、杏子はいやでも気づいた。

「どういうことです?」

「だって……」

「だって、なんですか」

北島は本格的にニヤニヤ笑った。いかにも訳知りといったふうな、さも自分が優位に立っているというような不遜《ふそん》な笑みが、杏子の神経を逆撫でした。贅肉《ぜいにく》の奥にある小さい目も、何を考えているのかわからず気持ちよくない。

「たった今、『あれじゃな』って、お客さま、おっしゃいましたよね。どういう意味ですか」

「トッピィのお団子がふたつだったから」

「は？」

「お団子はひとつでなきゃ、マズイよ。それなのに、ふたつだったでしょ。マズイよなあ、ほんと」

杏子はたった今、耳にしたばかりの言葉をもぞもぞと咀嚼《そしゃく》した。

「お団子？」

なんの話だろう。『トロピカル』の話題ならば、せめて団子でなくマンゴーくらいにしてほしい。

「おっしゃっている意味が、私にはわかりかねます」

「そう？　そうなのかな」

いかにも心外、という顔をされて杏子は歯がみした。北島の口調にはバカにしたようなニュアンスまで含まれている。

「だからさ、お団子がひとつならば問題ないんだよ。でもふたつあったから、めちゃめちゃにされても無理ないというか、そう思ったんだよね」

「ちょっと待ってください。あのディスプレイが悪戯《いたずら》されたのに、心当たりがあるというんですか？」

やだなあ、と北島は口の中でつぶやいた。そんなわかりきったことを何故聞くのだと目で訴える。

けれども、杏子にはわかりようもない。

「あのですねえ――」

思わず大きな声を出しかけたとき、レジの向こうから名前を呼ばれた。

「杏子さん、版元さんから、お電話ですよ」と。

反射的に体を向けると、北島はすっかり話は終わったという雰囲気で、すたすた歩きだしてしまった。

おい待て、と言いたいが、これ以上この男相手に何を問いかければいいのだろう。

結局杏子は電話に出て、八つ当たりのように手短に話を切り上げ、受話器を置くと同時に自分のバッグから携帯電話を取り出した。勤務時間中に使うことは今までなかったが、そんなことは言っていられない。

福沢に時間をくれるよう声をかけ、事務所にこもるなり、多絵の番号をコールした。幸い、すぐに聞き慣れた声が応じた。

（杏子さん、どうしたんですか。今、仕事中でしょ）

「大変だよ、多絵ちゃん。あのディスプレイがめちゃめちゃにされたの」

（え？）

「犯人が誰なのか、今はまださっぱりわからない。昨日の閉店後だろうと福沢さんは言っているけれど。ああ、私もそう思うよ。今朝みんなが出てきたら、もうすでに黒いスプレーが吹きつけられていたの」

（スプレーですか。ひどいなあ）

「うん。それでね、ほら、いつもうちでアニメ雑誌を買うお客さんいるでしょ。あの人がついさっき雑誌を買いに来て、ディスプレイを見ながら変なことを口走ったのよ」

（なんて？）

杏子は注意深く、北島の言葉をなぞった。

「団子がふたつだったから、まずかったんだって」

（え？　なんて言いました？）

「団子だよ。団子がひとつだったなら、よかったんだって。でもふたつだったから、めちゃめちゃにされても無理はない。そういうふうに言われたの。多絵ちゃん、わかる？」

（いえ……ぜんぜん。あの、『トロピカル』のディスプレイですよね？）

「そうだよ。おかしいでしょ。あそこに団子の絵なんかなかったもん。でもその、北島さんというお客さんはね、とにかく自信たっぷりに言うのよ」

（ひとつならばよかった。ふたつだとまずい——ですか）

一瞬、間が空いた。電話が切れてしまったのではと案じたが、すぐに多絵は、杏子のもっとも言ってほしい一言を口にした。

（わかりました、調べてみます）

「ほんと？」

（少しだけ時間をください。解けたらそっちに向かいます。ディスプレイは今、どうなっています？）

「片づけちゃったのよ。現場は保存するべきだったね。犯人捜しはもう無理かな」

（いいえ、売り場に置きっぱなしにはできませんよね。片づけたものを残しておいてくれたら、なんとかなるかもしれません。待っててください）

携帯電話を切ると、杏子はしばし目を閉じ、呼吸を整えてから瞼を上げた。事務所には問題の『トロピカル』が無惨な姿をさらしていた。黒いスプレーが陽光あふれる世界を切り裂き、べっとりと悪意の汚泥《おでい》が付着している。とりわけ、キャラクターの絵ばかりが集中的に狙われ、痛々しくも不気味だ。

無傷だったタイトルロゴから目をそらし、杏子は、片隅に押しやられた多絵のアロハをそっと引き出した。


多絵が売り場に現れたのは昼過ぎで、連絡を受けた夕紀、佐野、紗弥加も前後して成風堂に飛びこんできた。

さっそく事務所に案内し、杏子はありのままの作品を見せた上で、深々と頭を下げた。

「ごめんなさい。こんなことになって、ほんとうに、申し訳ありません。全部、私の責任です」

三人に言葉はなかった。朝の杏子と同じように呆然と立ちすくみ、夕紀と紗弥加はうっすら涙を浮かべた。多絵だけが、一歩離れたところで淡々とした表情をしていた。

重苦しい沈黙の後、佐野がやっと口を開いた。

「悪戯にしては悪質ですよね」

その通りだ。器物損壊という罪名が当てはまる。

「今日は店長がお休みなの。さっき電話をかけたんだけど出なくて。連絡がついたら事情を話して相談してみるつもり」

「誰が、どういうつもりでしでかしたんだろう」

「それなんだけど……」

杏子は口ごもりながら、後ろに立つ多絵を振り返った。目で、「どうだった？」と問いかけると意味深に肩をすくめる。

「団子、なんですよねえ」

多絵のつぶやいた一言に、佐野が眉を寄せた。

「団子って？」

「『トロピカル』は今、団子問題で揉《も》めてるそうですね。佐野さん、知っていました？」

「話が見えないな」

「そうだよ、多絵ちゃん。わかるように言ってよ。わからないのは、もうあの北島さんだけでたくさん」

多絵はやけにゆっくりと、積み上げられたディスプレイに歩み寄った。

「杏子さんが北島さんから聞いた『お団子』というのは、この、トッピィという登場人物の髪型なんですよ」

「え？」

黒スプレーのかかった女の子の絵を掲げてみせる。少年漫画だけあって主人公は男の子なのだが、多絵の指し示した女の子も重要な登場人物のはずだ。相手役というのだろうか。杏子自身はこの漫画を読んでいないのでよくわからないが、いつも表紙で目立つ所に描かれていた。

元気の良さそうな、ひまわりのように明るくキュートな女の子。髪型は頭の左サイドに、ちょこんとした「お団子」がひとつ――。

「トッピィの団子って。じゃあ、北島さんの言ってたのはこれなの？」

「そうなんですよ。杏子さんの電話のあと、ネットでいろいろ調べたんです。そしたらわかりました。『トロピカル』でダントツの人気を誇る登場人物がこの子で、髪型は初めからずっとこの形だったそうです」

　黙って聞いていた佐野も、うんうんとうなずいた。「おれも大好き」と顔をほころばせる。

「ひとつの団子はわかったけれど、ふたつってのは、なんなの？」

「それが問題なんです。私も昨日、なんとなく変だなと思っていたんですけれど。ほら」

　多絵はパネルをごとごと動かし、奥から色紙を一枚取り出した。

　それは彼らの作品ではない。楽しげに飾られたディスプレイを見て、お客さんが持ってきた別個の一枚だった。

「よく見てください。ここに描かれてるトッピィ、お団子の数がちがうでしょ」

　のぞきこむまでもない。左右にひとつずつ。合わせてふたつだ。

「多絵ちゃん、お願いだから、どんどん話を進めてちょうだい。やさしく、わかりやすく、てきぱきと。どうして団子の数が問題なのよ。いいじゃない、ひとつでもふたつでも。ちがうの？」

　すでにそのとき佐野は、うーんと唸り、むずかしそうな顔になっていた。夕紀は何がなんだかわからないという心細げな表情。紗弥加も心配そうに唇を噛んでいた。

「簡単に言うと、今『トロピカル』には、盗作の疑惑がかかっているんですよ」

「は？」

「知らない人にはまったくの、寝耳に水の話だと思います。けれどネットの一部では、大変な騒ぎになっているんですよ。私もそれをみつけて情報収集に乗り出したんですが、とてもじゃないけれど読み切れません。それくらい膨大な量のやりとりが、ここ一、二ヶ月、朝から晩まで行われています」

杏子にとっては寝耳に水というより、青天《せいてん》の霹靂《へきれき》に近かった。雲ひとつない南海の空から、突然稲妻が落ちてきたような驚きだ。

「嘘だよ、そんなの。噂だって聞いたことがない。みんな、知ってた？」

佐野は苦々しい顔でうなずき、夕紀はあわてて首を振り、紗弥加は「少しだけ」とうつむいた。

「疑惑といってもいろんなパターンがあるでしょうが、『トロピカル』の場合は、元ネタを考えたのが今の作者ではなく別の人だった——という疑いだそうです。あれが大手出版社から出る前に、すでに他の人が自分の同人誌の中で、ちがうタイトルをつけて発表していたと。世界観とテーマと主だった登場人物と、滑り出しのストーリーが酷似しているとの指摘があるんですよ」

著作権の侵害は、どんなに売れている本でも出版停止になるくらいの大きな問題に発展する。前例のいくつかが脳裏をよぎり、杏子は自然と目を伏せた。

「それでですね、盗作疑惑において、象徴的に扱われているのがトッピィの髪型なんですよ」

「もしかして、ひとつとふたつ？」

差し入れられた色紙と、夕紀たちの描いた絵。

元ネタと言われているトッピィにはお団子がふたつ。今のトッピィにはひとつ。

ただの髪型の問題ではないらしい。

「杏子さん、それ、誰から、いつ、もらったんですか」

みんなの視線が注がれるのを杏子はひりひりと肌で感じた。自分の落ち度なのだろうかと、冷汗がにじむ。

「昨日の午後、三時くらいだったと思う。普段着姿の、どこにでもいるようなふつうの男の人だったよ。二十代後半かな。痩せてて、髪がこう……すごくぱさぱさしていた。その前の日に、みんなで飾り付けているのを見たとかで、仲間に入れてほしくて持ってきたんだって。自分もあの漫画の大ファンだから、すみっこにでも置いてほしいって」

「名前とか聞きました？」

「ううん。聞こうとしたら、笑って手を振るの。私にしても、それじゃあ困るでしょ。もう一度聞いたんだけど、『もらってください』って。感じのいい、優しそうな人だったのよ。ああ、それにね、こんなふうにも言っていた」

杏子はやりとりを思い出し、フロアに続く事務所の扉をみつめた。

「『いつも本屋さんにはお世話になっています。ありがとうございます』って。丁寧に頭を下げるのよ。急にそんなことを言われたからびっくりして、それ以上何も言えなくなっちゃったの」

記憶をたどればたどるほど、杏子にはその人物が悪い人には思えなかった。手作りのパネルやグッズで大学生たちが奮闘しているのを見て、少なくとも、ぶち壊そうと企む人には思えない。全巻並んだ『トロピカル』をみつめる横顔も、温かく穏やかだった。

「なぜあの人は、こんな色紙を持ってきたんだろう。どういうつもりだったんだろう」

「あの……」

そのとき、ためらいがちに紗弥加が声をかけてきた。

「昨日、杏子さんが言っていた『多絵ちゃんの力作』って、色紙のことではなかったんですか」

「やだ、ちがう、ちがう。多絵ちゃんのはこれ」

杏子はたった今までの陰鬱な物思いを傍らによけ、妙ちきりんな縫い物をつまみ上げた。

「紗弥加さんも、『なんだろう』って、しきりに首をひねっていたじゃない。ぱっと見では、そりゃなんだかわからないよね」

「いえ、その、作るのに一晩かかったと話していたので、てっきり……」

「かかるのよ、それくらい。かけてもこれだし。なんと、アロハシャツだってさ」

「ぜったい外さないって言ったのも、それのことだったんですか」

紗弥加のつぶやきをよそに、夕紀はアロハをしげしげと眺め、ぷっと吹き出した。おかげで張りつめていた空気がゆるみ、佐野も表情を和らげた。

「杏子さん、起きてしまったことは起きてしまったこと。もうしょうがないですよ。落ちこむのもかえってくやしい。善後策を考えましょう」

「ありがとう、夕紀ちゃん。佐野さんも紗弥加さんも、ほんとうにごめんなさい。ああ、写真は撮ったから心配しないで。コンテストには参加できるから」

「写真？」と、夕紀。

「昨日のうちにばっちり撮ったの。エルメスのバッグはまだまだ狙えるよ」

「写真……でいいんですか。エントリーすると、審査員が見に来るんじゃないんですか」

「まさか。誰も来ないよ」

夕紀は「うっそー」と素《す》っ頓狂《とんきょう》な声をあげた。

「出版社の人が見に来て、バシバシ立派な写真をカメラマンが撮りまくって、最終選考に残ったら作者の人にもそれがまわって見てくれるんじゃないかと、私はてっきりそう思っていたんですけれど」

杏子は手を伸ばし、夕紀の頭を軽く小突いた。

「どういう妄想なの」

「だって」

「説明書をぜんぜん読んでないでしょ。あの企画は、あくまでも営業部が主催する販促活動のひとつなの。編集部も作家も、部署がちがうの」

紗弥加まで「そんなあ」と、哀れな声を出した。

「夕紀、話がちがうじゃない」

「ごめん～」

いずれにしても、彼女たちに迷惑をかけたのは変わりない。

「お詫びはまたあらためてするね。もう一度これが飾れないか、検討もしてみたいから。ただ犯人がねえ、どういうつもりでこういうことをしでかしたのか、わからなくて。また飾ってもやられちゃうかな。そう思うと……」

「杏子さん」

多絵がにっこり笑った。

「大丈夫ですよ。もしもこの色紙が原因ならば、やった人間はほんの数人に絞れますし」

「どういうこと？」

多絵はみんなの顔を順繰りに見て、「ねえ」と白い歯をのぞかせた。

「もしもふたつのお団子が今回の騒動の引き金だったとして、ですよ。問題となった色紙を売り場で見た人はごく限られた人しかいません。杏子さん、それを飾ったのは昨日のいつですか？

私が憶えている限り、紗弥加さんが来る少し前、六時頃だったと思うんですけれど」

「ああ、そう。紗弥加さんに並んでいるところを見てもらった方がいいと思って、急いで南海の写真集と、もらい物のグッズを置いたの」

「飾り終わった頃、紗弥加さんが到着したんですよね」

現れた紗弥加に気づき、夕紀もやってきて、杏子を含めた三人でディスプレイを眺めた。

「そしてゴミ捨てがてら、ふたりが売り場から離れてすぐ、杏子さんは応募用の写真を撮り始めました。審査に納得がいくようにと、差し入れの類は全部、私が外しました。もちろんお団子ふたつの色紙も。でもって撮影後は高校生の集団が来たので、グッズは外したままになりました」

多絵の言葉に、杏子は大きくうなずいた。

「思い出した。色紙もアロハも、もう一度あそこに並べたのは閉店後、レジを締めてネットかけをやっている最中だったね」

「そうなんですよ。売り場に置いたことは置いたのですから、目にした人がまったくいないとは言えません。でもまじまじと、髪型のちがいがわかるほど見入ることができたのは、私と杏子さん、そして紗弥加さんと夕紀さん――」

待ってくれと、佐野が横から入った。

「見たやつのことをとやかく言うよりも、持ちこんだやつの方が怪しいだろ。どこの誰かは知らないけれど、おとといできあがった『トロピカル』の派手なPRを見て、こんなの盗作じゃないかと、腹立たしく思ったのかもしれない」

「非難するつもりで、わざとお団子ふたつの色紙を持ってきたんですか？」

多絵が問いかけると佐野はすぐに応じた。

「ネットを見たのなら、今『トロピカル』がどれだけ叩かれているのか知ってるはずだ。作者をすっかり犯罪者扱いにして、肯定派のファンサイトには脅迫まがいのいやがらせが殺到している。つまり団子ひとつの絵に対して、団子ふたつの絵が差し入れられること自体、何者かがネットの騒動をここに再現しようとしたということだよ」

「まるで、宣戦布告――みたい」

「意味としては、まさしく。この一枚の色紙に『盗作は引っこめ』というメッセージがこめられていたんだ」

佐野と多絵のやりとりを聞いていて、杏子は割り切れない思いで唇を引き結んだ。色紙を持参した人の面影がちらついたからだ。

「でも、ですねぇ」

多絵がゆっくり口を開く。

「もしもそうだとして、この色紙に、佐野さんが言うような深い意味……というか嫌味がこめられていたとして、ふつうはメッセージを投げかけたならば、返事を待ちますよね。それこそ柱の陰に隠れて、一日、二日はこちらの動きを観察すると思うんです。ところが色紙の届いた夜にスプレー事件は起きます。同一人物の仕業としては、早すぎませんか？」

「ああ。それは……たしかに。いや、ひょっとして、色紙じゃ手ぬるいと思ったのかもしれない。夕方、のほほんと並べられているのを見て、いっときも我慢できなくなって、夜中に暴走したとか」

佐野の話を聞き、多絵はやや不満げに顔をしかめた。

「嫌味っぽく色紙にメッセージをこめるのと、黒スプレーの噴射では、ずいぶん手口がちがうと思うんですけど。スプレーの方の犯人はやたら強引ですよ。何がなんでも飾りを撤去させたかった感じ」

「なんだよ、感じって。いい加減だな。手口のちがいなんてよくあることだよ。ねちねちしたやつがいきなり爆発するのは珍しくない」

「ねえねえ多絵ちゃん」

杏子はふたりの間に入る。

「犯人は『トロピカル』が、そんなにも忌々しかったのかな？」

「さあ」

「忌々しかったから、力尽くで撤去させたんでしょ」

「結果としてはそうですね。こんなふうに店頭ではなく事務所に押しやられ、紗弥加さんがその気にならない限り、再開は絶対に無理ですし」

多絵がわざわざ名前を出したので、杏子は思わず紗弥加の方を向いた。

「黒スプレーをかけられたのはキャラクターの絵が中心です。それってつまり、紗弥加さんの絵ばかり、ということですよね？」

漫画『トロピカル』のディスプレイが悪質ないやがらせに遭った。『トロピカル』の登場人物が特にひどかった。それは一見、流れとしてなんの不思議もなく、疑問をはさむ余地はないように思えるのだが、多絵の指摘は微妙なところを突いた。

ディスプレイは夕紀、佐野、紗弥加の共同作業で進められた。デザインをする者、パネルのような大工仕事を受け持つ者、背景を描く者、モンスターをこしらえる者、肝心のキャラクターを描く者。

相談して分担を決め、ひとつの作品を作り上げたわけで、誰が何を描いたかは明確に分かれている。

「スプレーを吹き付けられたイラスト集やコミックは、ビニールがかかっているので、実質的な被害はほとんどありません。あとは、風景の青空がひどいけれど、椰子の木や花の絵は簡単な修復で間に合いますよね。空だって、塗り直せばいい。問題は、キャラクターの絵だけです」

紗弥加はやや青ざめた顔で棒立ちになっている。その紗弥加に、多絵はゆっくり問いかけた。

「ここで何を言うつもりでした？　キャラクターの絵を紗弥加さんが描き直してくれない限り、ディスプレイはほんとうに撤収です。そういう運びになったとき、なんと答えるつもりでしたか？」

多絵の口にした言葉に、居合わせた杏子も佐野も夕紀も目を見張った。ひとりだけ集中してスプレーを吹きかけられたのだから気の毒がられてしかるべきなのに。「つもり」とはどういう意味？

「昨日の夕方、紗弥加さんは差し入れられた品々を見て、ずいぶん驚いていましたよね。『びっくりした』『なんだろう』という言い方もしていました。そのときから、私、妙だと思っていたんですよ」

「ちょっと待って」

とっさに杏子は多絵の片手を引っ張った。

「あれは、多絵ちゃんのアロハを見てのことでしょ」

「どうして私のアロハに、びっくりするんですか」

「そりゃ……」

決まっていると言いかけつつも、杏子はゆうべの一シーンをもう一度さらった。きれいに飾り終わった「作品」を壊さないように、自分はモンスターの足元に控え目に、お客さんからの差し入れを忍ばせたのだ。

紗弥加はそれを見逃さず、目ざとくみつけて反応した。もうひとりの夕紀などは、自分の作ったモンスターに気を取られ、新たに並べたものなどまったく眼中になかった。

「紗弥加さんは昨日、何にびっくりしたんですか」

あらためて、多絵が紗弥加に向き直った。

「とっても上手く描けている絵だったから、興味を持ったのよ」

「あのとき気にしていたのは、やっぱり色紙だったんですよね。で、『なんだろう』の意味は？」

「予定になかったものだから、不思議に思ったの」

「この色紙は、私が描いたと思っていたんですよね。さっきそう言っていたでしょ。そして昨日、陳列がどうのこうのと言い合う、私と杏子さんのやりとりも聞いていた。ということは、店頭の飾りはこれから先ずっと二種類のお団子を並べていかなくてはならない、そんなふうに思いませんでした？」

横から佐野が舌打ちし、嫌悪をあからさまにした。

「あのさあ、感じ悪すぎるよ。いったいどういうつもりだよ。まるで下手な誘導尋問じゃないか。紗弥加に言いたいことがあるなら、はっきり言ったらどうだ」

語尾の荒い威圧するような物言いだったが、こういうときの多絵はまったく動じない。

「私は、黒スプレーをかけたのが、『トロピカル』を非難している人の仕業には思えないんですよね」

「どうして？」

「もしもそうならば、その人は真っ先にタイトルロゴに手を出したはずです。お団子ふたつのトッピィをわざわざ添えるなら、タイトルだってほっとかないでしょう。無傷はおかしいと思いません？」

高圧的に腕を組んだ佐野が、多絵の切り返しに簡単にひるんだ。視線を泳がせ、口の中でぶつぶつ言う。

「多絵ちゃん、どういうことなの？」

「元ネタとされている漫画のタイトルはね、『ツンドラ』っていうんですよ。永久凍土を舞台にした宝探しの冒険談だから」

杏子は、思わず積み重ねられたパネルのひとつ、椰子の木を見て大げさに指をさした。

「トロピカルとツンドラ？　だったらぜんぜんちがうじゃない。どうしてそれで盗作になるのよ」

「あのですねえ」

「団子ひとつだろうがふたつだろうが、あの子に似合っているのはパイナップルなのよ。ハイビスカスなのよ。それとも、トナカイも似合うわけ？」

「だから、それは――」

言いかけた多絵の声をさえぎるように、紗弥加がもういいと叫んだ。

「ほんとうに……ほんとうに、何も知らないんだ」

「え？」

「わかってなかったんだ」

杏子は、『トロピカル』の新刊ならば、三百冊は売る書店の人間だ。売り場に出るたびに平台の冊数をチェックし、売れた分を引き出しの中から取り出してビニールをかけ、きれいに積み重ね、ゆがみを直し、決まって投げかけられる「新刊はいつ出るの？」というお客さんからの質問にも丁寧に応じている。

すでに二冊出ているファンブックの一冊は現在品切れ中で、それに関する嫌味を言われるたびに謝り、問屋の人間には直談判し、数冊でもいいから入荷するよう四苦八苦している。かと思うと注文もしない既刊本が送りつけられ、ストッカーにあふれ、なんとかしろと店長にせっつかれ、返本すべきか、このまま抱えこむかで悩みまくる。

そんなふうに杏子も、そして多絵も、毎日のように「足りない」だの「余った」だのと一喜一憂し、できうる限りの手を、少なくとも『トロピカル』に関しては尽くしているのだ。

なのに「何も知らない」と言われ、脱力する反面、杏子はたしかに知らないと思い直した。目の前の紗弥加は、まるで自分の体を傷つけられたかのように、泣きそうな顔で歯を食いしばっていた。期待していたイラスト集の入荷数が悪く、激怒した自分の顔とはまったくちがうのだろう。

杏子にとって『トロピカル』は大切な本だ。商品としての思い入れならばある。けれど紗弥加は、表紙をめくった中に住んでいる人間に思えた。

「キャラクターデザインと性格設定、ストーリー展開、配置されている国の数、統治システム、細かい小道具、そういうのが何から何までパクられているそうです。目立ってちがうのは、トッピィの髪型と舞台となる場所。もちろん『トロピカル』は長く続く話ですから、ストーリーはどんどん伸びてます。でも基本のところがそっくりだと、大騒ぎしている人がいるんです」

「紗弥加さんはどう思っているの？」

「ただの中傷に決まっていると思っています。『トロピカル』はパクリの漫画なんかじゃない。

作者だって、ぜったいにそんな人じゃない。そりゃ会ったことも話したこともないけれど、私、漫画の中のセリフや登場人物の心理描写に、ちゃんと作者って出ていると思うんです」

杏子は自分に向けられたまっすぐな眼差しを、黙って受け止めた。

「無責任な噂もくやしいけれど、私が一番赦《ゆる》せないのは、えらそうに悪事を告発する正義漢ぶった人たちです。自分たちは何も生み出さず、何も努力せず、ただ人の作ったものをけなし、ひやかし、足を引っ張ろうとしている。騙されて傷ついたなんて言っているけれど、噂話にすぎない段階で騒ぐことからしていい加減だと思う。だから昨日、この色紙を見たときも、体が震えるくらい驚いたんです。平静を装っていたけれど」

「アンチ・トロピカルの仕業だと、すぐに思ったのね？」

紗弥加はこくりとうなずく。

「ふたりのやりとりから、外すつもりがないと知り、声も出ませんでした。よりによって自分の絵のそばに、これから先ずっと、ふたつ団子が白々しく並ぶなんて。……いえ、それだけじゃないです。コンテストにエントリーすれば、審査の過程で作者の目に留まるかもしれないって、夕紀が言っていたから」

「紗弥加……」

「『トロピカル』の絵と『ツンドラ』の絵がいっしょに飾られているのを見たら、まるで、揶揄しているみたい。告発しているみたい。たとえ誰がわからなくても、作者ならば、そこにこめられた意味に気づいてしまう。そう思ったら、いてもたってもいられなかったの。私はこの作者さんがずっと好きだった。今まで何度もこの漫画に慰められたり、励まされたりしてきた。だから、ディスプレイの件も引き受けたのに……」

杏子は多絵と目を合わせ、どちらからともなく小さく息をつき、そして紗弥加の肩に手を伸ばした。もうわかった、と。もう、泣かなくていいのだと。

手を添えていると紗弥加がひとりぼっちで涙を流した夜が、ふと脳裏に浮かんだ。彼女のとなりには、物言わぬコミックが一冊、いつも寄り添っていたのだろう。傷ついても裏切られてもあきらめず、希望をなくさず、ギリギリのところで勇気を振り絞り、苦境に立ち向かっていく主人公が。そして、逞《たくま》しくも陽気な、その仲間たちが。


紗弥加たちを事務所に残して、杏子は多絵と共に売り場に戻った。歩きながら、彼女がどうやって閉店後の本屋に忍びこみ、やらなくてもよかったことをやってしまったのか、いくつか確認し合った。

おそらく紗弥加は、ゴミ捨てに行く夕紀を見送って、従業員専用のエレベーターの位置を知ったのだろう。そして成風堂のある六階フロアの閉店後、その上のレストランフロアから従業員エレベーターを使い六階に降りた。照明も落ち、ひっそりとしたフロアを横切り、レジ締め作業が終わったばかりの成風堂に滑りこむと、誰もいなくなったところを見計らい、静かにスプレーを吹きかけた。売り場を囲むネットはカーテン状で、下からもぐりこむことができる。

大胆不敵な犯行で、狙いをひとつに絞っていたからこそできた荒業だろう。しかし、この犯行はけっして完璧ではない。

従業員エレベーターには、防犯カメラが設置されているのだ。そんなに簡単に店を荒らすことはできない。できたところで、すぐ足がついてしまう。

杏子は多絵相手に、気持ちの整理をつけたくて犯行の手口を話し合ったが、ことを大きくするつもりはなかった。もちろん多絵にも異議はないだろう。

と、そこに、思いがけない人物が立っていた。レジに向かう手前、つい今朝方まで賑やかなディスプレイが飾られていた平台の真ん前だ。

杏子はあわてて駆け寄った。

「あなたですよね。昨日、色紙を置いていかれたのは……」

昨日と同じコットンシャツとジーンズというラフな服装の男が、杏子の声に応じてこちらを向き、そして視線を平台に戻した。

「ここにあったあれは、どうしたんですか？」

「それはその……」

どうもこうもない。

「いろいろあったんです。実はあの、いただいた色紙のことで、いろいろと……」

「あれが——何か？」

杏子は慎重に言葉を選んだ。相手の反応を見ながら、たった今のやりとりが出てしまわないよう、自分の感情をしずめる。紗弥加のしたことを気取られたくなくて。

「ご存じでしょうか。『トロピカル』は今、ちょっとした騒動に巻きこまれているようです。あの色紙の絵も、見る人が見ると複雑な思いにかられるようです。私は何も知りませんでしたが。ああ、色紙はなんともなっていません。あの絵は無事ですよ」

紗弥加は問題の色紙にはスプレーをかけなかった。ディスプレイを台無しにするという行為に出てしまったが、どんなに不快でも、彼女は見ず知らずの人が描いた作品に手をかけはしなかった。それを思うとなおさら、彼女のひたむきさが切なくなる。

「色紙は今、お持ちします。ここで待っていてください」

「何かあったんですね」

男は低く重い声で言い、気遣うような、人の心の内側を案ずるような目を向ける。

胸の中にわだかまるものを知られたくなくて、杏子は視線をそらしてこう言った。

「ディスプレイは再開すると思います。もう一度、やり直したいと私は思っています。あれを作った人たちもきっと協力してくれるでしょう。けれど色紙はそこに置かないつもりです。申し訳ありませんが、差し入れはご遠慮いただきたいと思います。理由を、きちんとお話しすべきでしょうか」

男は考えこむようにしばらくうつむいた。そしてゆっくり顔を上げ、からっぽの平台をみつめる。

「話はけっこうです。色紙も飾らなくてかまいません。ただ……」

「ただ？」

「昨日までここに、トッピィの絵がありましたね。ハイビスカスの花のサンドレスを着ていた。あれを描いた人に、色紙を渡してくれませんか？」

「は？」

「今ではありません。二週間――うん、二週間でいい。再来週の火曜日ですね。その日に渡してくれませんか。お願いです。そうしてください」

とっさに首を横に振ることができず、杏子は男の真剣さに押し切られた。

「ぼくの気まぐれでご迷惑をおかけしました。どうぞ、勘弁してください」

深々と頭を下げられ、レジにいた福沢までがレジペーパー片手に目を丸くしていた。背後で一部始終を見ていた多絵は無言で、杏子は『トロピカル』の「ト」も『ツンドラ』の「ツ」も言えないまま、結局、団子ふたつのトッピィを預かるはめになった。

男が去った後、事務所から夕紀たちが出てきて、ディスプレイのやり直しが決まった。赤くなった目で謝る紗弥加にも、すっかり恐縮する佐野にも心苦しく、たった今の、男とのやりとりなどとても口にできない。

頑張ろうねと笑いながら、杏子は色紙に関する一切を心の片隅に押しやった。


やがて二週間後の火曜日、男との約束の日がめぐってきた。

組み立て直され再びお客さんたちの注目を浴び、立派に売り上げにも貢献しているディスプレイを見るにつけても杏子は憂鬱だった。

今さら話を蒸し返したくない。そっとしておきたい。紗弥加にも夕紀にも佐野にもいやな思いをさせたくない。どうしてあの男は、よりによって、トッピィの絵を描いた者に渡してくれと言ったのだろう。

それは、紗弥加だ。

一番の『トロピカル』のファンだ。

団子ふたつを見れば、また傷つくだろう。

頭をかかえているとバイトの多絵が制服姿で入ってきた。いいところに来た。愚痴の聞き役にしてしまっては申し訳ないが、他に相談する人もいないので、ここはひとついっしょに悩んでもらいたい。

そう待ちかまえていると、朝からの物思いを切り出す前に、腕を引っ張られ事務所に連れこまれた。多絵は脇腹に、今日出たばかりの少年漫画誌をはさんでいた。例の『トロピカル』が連載されている週刊誌だ。

「杏子さん、すごいんですよ。とにかくすごいの」

「何が？」

「これを読んでくださいよ。そして、唖然としてください」

多絵は漫画雑誌を作業台の上に開き、左上を三角に折り曲げていたページを杏子に差し出した。

そこには「トロピーの緊急メッセージ」とあり、似顔絵らしきものの下に「青木ユタカ」というサインが入っていた。数秒考えこみ、杏子は辛うじてその名前を思い出した。

そういえば、そういう名前だった、と。


いつもいつも僕の漫画を読んでくださって、ありがとうございます。今日はこのスペースを借り、僕個人の、ごく私的なメッセージをお伝えしようと思います。

内容はひとつです。ご存じの方はご存じ、そうでない方はまったく知らないと思いますが、今、インターネット上で『トロピカル』について、いろいろ騒ぎが持ち上がっています。

はっきり言うと、盗作疑惑が持ち上がっているのです。今を去ること十年前の、とある同人誌の中に掲載されていた『ツンドラ』という作品と、『トロピカル』が酷似している、と。『ツンドラ』の方が発表年が早いので、『トロピカル』に盗作の疑いが持たれているのです。

この噂を聞いたとき、僕は非常に申し訳ないことに、あまり重要視していませんでした。イラスト集やゲーム化関連の仕事が立てこんで情けなくも体調を崩してしまい、救急病院のお世話になるという修羅場をやっていました。怒濤《どとう》の数ヶ月を経て、なんとか人間らしい生活に戻り、そこで初めてネットの過熱ぶりに気づいた次第であります。

ほんとうに、ごめんなさい。ご心配、ご迷惑をかけて、すみませんでした。

僕が『ツンドラ』→『トロピカル』のパクリ疑惑を楽観視していたのは、実はちゃんと理由があったのです。

とてもとても、簡単な話です。

『ツンドラ』は、他の誰でもない、この僕自身の作品だから。

あれの作者は僕の作った別人であり、筆名も住所も経歴もさりげなくはさんだ与太話も、みんなホラでした。偽りです。誤解を受けるようなことをしてしまい、今さらですが深く反省しています。念のために書きますが、あれの原画は制作ノートを含め、すべて僕の手元に残っています。仲の良かった当時の友達は事情を知っています。

親に反対され隠れて漫画を描いていた僕が、親元を飛び出しデビューにこぎ着け、けれども、いくらやってもプロットもネームも通らず、ボツり続け、最後の最後、譫言《うわごと》のように口にしたのがかつて同人誌に載せた『ツンドラ』の物語でした。

古いネタが採用になったとき、過去の自分に負けるような気がしました。嬉しいと思う以上にくやしくて、舞台を南海に変えタイトルも変え、意識して『ツンドラ』を記憶の片隅に追いやりました。誰にも話さず、匂わせるまねもしませんでした。

でも今になって、それはつまらないこだわりだったのだと、感じ始めています。

僕は僕で、さまざまな体験を積み重ねて今があるように、僕の漫画も遠い昔から繋がっていて、今のネームの中にいろんなものが生きている、そう思うようになりました。

両方とも僕にとって大切な漫画です。

もう一度、ごめんなさい。心配かけて、ごめんなさい。

お詫びは、これからもおもしろがっていただける作品を描く努力へと、代えさせてください。

最後に、僕の漫画はたくさんの人に支えられています。ファンの方を始め、出版社の方、印刷所の方、製本業の方、取次の方、運送業の方、本屋さん。

あらためて、心より、感謝の念を——。


記事を読み終え、杏子はしばらくぼんやりし、それからおもむろに多絵を振り返った。

『トロピカル』は盗作ではなく、『ツンドラ』とは、いわば姉妹作であり、トッピィはお団子ひとつもふたつも、仲良く並んで正解だったのだ。

いがみ合いも、罵り合いも、足の引っ張り合いも、しなくてよいことだった。どんなに似ていてもかまわない。盗んだという疑いは、初めからかけるべき相手を持たなかった。

杏子は、まだまだ戸惑いながらも、引き出しの中から問題の色紙を取り出した。

「これ……紗弥加さんに渡しても大丈夫なんだね？」

「だと、思いますよ」

「傷つく必要も、憤慨する必要もないんだね」

差し出した色紙を多絵が受け取った。

「まだ信じられないよ、多絵ちゃん。夢を見ているみたい」

「私もですよ」

ネットの騒ぎは今日を境に鎮まっていくだろう。胸を痛めた紗弥加のような根っからのファンたちも、心おきなく物語世界に浸り、自由に飛びまわれるようになる。アロハシャツを着て、パイナップルを翳《かざ》り、ハイビスカスとたわむれる。

「杏子さん、私、この色紙を見たときから、思っていたことがあるんですよ。言ってもいいですか」

「うん」

「この絵、上手いですよね。紗弥加さんの絵もすごいと思いましたが、これには負けるんじゃないかな。それくらい上手い。どう見ても素晴らしい。まるで」

多絵は一旦言葉を切り、杏子の目をまっすぐにみつめ、そして言った。

「まるで、本物の作者が、描いたみたいに」

書店のことは書店人に聞け

出席
（松山　丸三書店）青野　由里
（京都　三省堂書店）鶴岡　寛子
（浜松　谷島屋書店）伊藤久美子
（東京　元丸善ブックメイツ）飯窪由希子
司会
（東京　TRICK＋TRAP）戸川　安宣

（ご注意・本文の読後にお読みください）

戸川　これほど本格的な書店ミステリは、今までなかったのではないでしょうか。少なくともここまで書店仕事のディテールを書き込んだミステリは思いつきません。書店人出身の推理作家というのは結構いらっしゃいますが。そこできょうは、ミステリ好きの書店人――それも本書に倣って妙齢の女性に集まっていただき、いろいろとお話しいただこうと思っております。まず、全体の感想から伺いたいと思います。青野さんからお願いします。

青野　あ、ほかの方はともかく、わたしは元・妙齢ですから（笑）。本のほうは、読ませていただいてよかった、面白かった、と言える作品で、ホッとしました。座談会のお話をいただいて、引き受けてはみたものの、万一つまらなかったら――あるいは、好きになれないタイプのお話だったら、気が重いなあと思っていたのです。

鶴岡　たしかに！　つまんない本だったら、すごく困っちゃってましたよねぇー。

青野　ええ。でも、たいへん好感の持てる連作でした。ひとつには、まっとうな市民の、まっとうな考え方や振る舞いが、ごく自然に書かれている点。独り暮らしのお年寄りを気にかけるうち、正義の救出劇までやりとげてしまう塾講師だって、特別なヒーローではなく、ご近所さんへのちょっとした思いやりが行動のきっかけです。「標野にて～」では、買っておいた『あさきゆめみし』を杏子さんが差し出し、ああ、機転の利く店員なら、なるほどそうするだろう、と思わせます。「配達～」で、「電話代はあとでお返ししますと伝えてね」と言ったのも、杏子さん。店員に間違われたのを嫌がりもせず、お客の本選びにつきあってあげたのは、版元の島村氏。

鶴岡　うんうん。島村氏良いですよねぇ。本屋以上に本のことを知ってる版元の方は、素直に尊敬しちゃいます。

青野　あとでそのことを聞かれて、「出過ぎていましたか？」と気遣うところまで、キャラクターにぶれがありません。こうした細かい記述の積み重ねが、人物にふくらみを持たせていくのだと思います。また、書店の日常的な作業説明の一つひとつが、謎解きプラスおまけの知識、謂わばお買い得感（一粒で二度おいしい）となっているのも、いいですね。読者にそれと気付かせない啓蒙小説。知られざる書店の実態を、世間の人に広く知らしめる……と言うと、いま笑ってしまいそうになりましたが、案外その役割は大きいかも。とにかく、先が楽しみです。一作ごとに長所を伸ばしていきそうな作家、とお見受けしました。デビュー作が最高で、あとはつまらなくなる作家は山ほどいますけれど、この方は書き慣れれば書き慣れるほど良くなっていくタイプだと思います。

鶴岡　本屋さんの日常が書かれてるので、あるあるこういうこと！　と、うなずいたり、いるいる困ったお客様！　と苦笑したりしながら時間を忘れて楽しく読めました。自分の店と立地条件も客層も似ているので、さらに親近感がわきました。自店ではしていない配達や定期講読などのことも書かれていて、なるほどなかなか大変そうだと新しい発見をしたりもしました。謎が納得できないような大きなものではなくて、頑張ったら解けるのではないかと思わせるところがまたニクイです。謎が解けたその後も切なかったり、温かかったりと五編とも違った印象を与えてくれて物語に深みがありました。登場人物たちもユニークな子が多くて楽しめました。「配達あかずきん」の博美ちゃんがなんだかとってもかわいらしくて。自分の仕事を、ちょっとマイペースではあるものの貫こうとする姿勢はすごく好感が持てました！　一冊の本に込められた思い入れや、気持ち——本の内容だけではない〝ひろがり〟が感じられて大変心地の良い物語でした。

伊藤　この物語を読んで、身につまされましたね。わたしも鶴岡さんと同じで、最初の話を読んで、あまりにも似たお店なのでびっくりしました。ファッションビルで駅ビルの六階。えっ、うちの店も同じだよ！　しかもわたしの担当している文庫の話だし。読み進めていくうちに、そうなのよねとか、そこまでするの凄いとか、思いっぱなしでした。書店員の仕事ぶりがここまで忠実に描かれている話はちょっと他にはないですよね。ミステリとしての出来はもちろんすばらしいのですが、彼女たちの働きぶりに感服です。自分はこんなに働けてるかなと我が身を振り返ることもしばしばでした。

鶴岡　わたしも振り返って、こんなに働けてないとがっくりしましたよ。見習わなくちゃ。

伊藤　ミステリとしてもよくここまで書店がらみで話を

思い付きましたね。探偵役の二人ですが、しっかり者の杏子、不器用だけど勘が鋭い多絵、どちらかというと杏子のほうが本の知識もあるので探偵役かと思ったのですが、見事に逆でした。いいコンビですね。

飯窪　わたしもですよ。設定があまりに元勤務先に似ていたことから、誰かうちの店員が書いたのではないかと本気で考えてしまいました。

鶴岡　あはははは。ありえますよねぇ。でも、ほんとにそうなら普段の仕事ぶりを見られてるのかとドキドキしちゃいますね。

飯窪　書店の日常は、実際結構な量のちょっとしたミステリに彩られていると思います。お客様からの問い合わせ、注文など。わたしたちの分身のような登場人物たちが、そんな日常から生まれた謎を解いてゆく様子は、元書店員としても、一読者としても、まるで書店の中でその謎解きに立ち会っているような、そんな臨場感を味わわせてくれました。また書店員の視点から読んだ本作は、時折激しくうなずき、あるある!! と叫びたくなることもしばしば。読後は爽快感と、少々の心地よい疲労感を感じさせていただきました。

戸川　好きな短編を一つ選ぶとすると?

鶴岡　「六冊目のメッセージ」ですね。これは、本屋冥利に尽きるというかなんというか。自分のススメた本がお客様に気に入ってもらえたかどうかというのは、たいていは売れ数でしか判断できないので、こんな風にお客様から反応があるとすごく嬉しくなってしまいます。なかなかないとは思いつつ、夢です。「この前の本、面白かったです!」と、誰か言ってくれないかしらと夢想する日々です。そんなわけで、このエピソードは貴重でした。もしかしたらこんなこともあるかもしれないと、ちょっと希望がわきました。

伊藤　「配達あかずきん」と「六冊目のメッセージ」が好きです。「配達あかずきん」はこの五編のなかで一番どきどきしながら読みました。事件も店内から飛び出して配達中に起こり、先が読めないところがよかったです。この物語の中ではちょっと暗めの事件ですが、博美の性格とバーバー・Kの従業員たちの働きでほっとさせる話になっていると思います。

鶴岡　博美ちゃん、良いですよねぇ。一番好きなキャラクターかもしれません。

伊藤　「六冊目〜」はこんなことがあったら素敵だなという話。理想的な出会い! この一言に尽きますね。

飯窪　わたしは、やはり文庫担当として、やられた! と思いましたので、一作目の「パンダは囁く」を。パンダ文庫はすぐにぴんときたのに!!

青野　わたしが好きなのは、「標野にて　君が袖振る」ですね。亡くなった「弟」くんの魅力が、読後胸に残ります。一度も顔を見せない——それどころか、作中では二十年も前に世を去っている彼。お母さん、お姉さん、年上の恋人の心の大部分を今も占め続けているとびきりの少年の残像が、いまでも消えません。短編ミステリとしての採点なら、「配達あかずきん」が一位で決まりです。伊藤さんも仰ったように、日常業務のディテール、謎解き、「ヒロちゃん、どうなる？」のハラハラ度、それに後で述べたいことも加えて、この作品が高ポイントです。どちらの作品も、作者の良い資質が窺えます。この方は、「今回はメルヘンチックなものを」とか、「夏向きに怪談仕立てで」とか、いろいろな味付けをしながら、話を構成する力を持っているのではないでしょうか。

戸川　それでは、個々の作品に照らして、具体的なお話を伺います。第一話に出てくるような、さまざまなお客様からの問い合わせ、照会の経験がおありだと思いますが、エピソード、失敗談等お話しください。

鶴岡　語れば一日明かせるくらい、お客様からのお問い合わせはユニークなものが多いです。「さっきラジオでやってた吉田？っていう人が書いた本どこにある？」といった、そんな無茶なお客様！　って言いたくなるような情報量の少なすぎるお問い合わせから、「宮沢賢治の風の又八郎はどこですか？」といった、なんだか多いですお客様！　的な勘違い系のお問い合わせ、「近所の人がすすめてくれた本なんだけどねぇ？　タイトル忘れてしまって」といった、お手上げですお客様！　といったなかなかにハードなお問い合わせまで……。最近あったのは「へんげ」という本を探しているのですが、というお問い合わせで講談社文庫の佐伯さんの『変化』をお渡しするとどうやら違うようで、内容を聞くと脳移植がどうのこうの、というので結局は東野さんの『変身』だったという、似てるけれども……惜しいなぁ、というお問い合わせがありました。今までで一番びっくりしたのは、ちょうどこの一話目のように、整理番号でのお問い合わせです。わたしではなくアルバイトが電話で受けたのですが、「角川のう－13－1」と仰ってたようで、とりあえず角川文庫の棚に走って梅田みかの『愛人の掟』をご用意したら、どうやら日文でなくて、外文のほうだったようで、『青春とは、心の若さである』が正解でした。後にも先にも整理番号でのお問い合わせはあのとき一回きりでしたね。

飯窪　一番頭を使うのは、新聞にいつだったか載っていた本、というお問い合わせです。日付も新聞の名前も、本のタイトルすら不明という状況。

鶴岡　多いですね！　新聞を見て来店されるお客様！　なぜか切り抜きをお持ちでない方が多い……。

飯窪　そういう意味では、一話目の状況に似ているのですが、内容も曖昧でどうしようもないという状況が多々ありました。涙をのんで、申し訳ありませんわかりませんとお答えするのが一番心苦しかったですね。以前、『ディー　プラグ』という書籍をお探しのお客様に応対したアルバイトの子が泣き付いてきたことがあったのですが、その時には、店長、文芸担当、コミック・文庫担当のわたしまで駆り出され、大騒ぎになりました。結局、お客様がお探しだったのは話題の一冊だった『ディープラブ』。疲れたやら、恥ずかしいやらで、店員一同お客様に深々と頭を下げたものです。

青野　お客様の問い合わせに関しては、ありすぎて脳のシワにもひっかかりません（笑）。毎日がクイズ番組みたいなものです。なぜか普通のお客様より変な方のほうが記憶に残るんですよね。たとえば七十代くらいの男性、来られるたびに「清水の次郎長の新刊は出ないのか」と聞かれます。つい先日もその台詞を仰り、「出ませんねえ」と定番のお答えをすると、「幡随院長兵衛の小説はないのか」ときました。「おっ、任侠ものの㊜つながりか！」ってちょっとたじろいで、目を泳がせた先に池波正太郎の黄色い背表紙（新潮文庫）が。そうそう、『侠客㊤㊦』よと思い出したのを幸い、「うちの店ではあいにく売り切れていますが、近所の明屋書店さんならあるかもしれませんよ」とすすめて、お見送りしました。は〜、やれやれ。ところが約二十分後に戻ってこられ、「買ってきた」と戦利品をわざわざ袋から出して見せてくれ、「千二百円もした」（正確には千二百四十円）と顔をしかめ、袋の明屋書店という文字を指して、「あきや」と読まれるので、「はる屋書店さんです。は・る・や」と何度も何度も教えて差し上げましたが、ついに納得することなく、店を出て行かれました。次はいついらっしゃるか（笑）。

鶴岡　わたしの店でも在庫のないものは近くの大型書店をご案内してますが、ちょっとうらやましいかも。戦利品を持ってこられたことはないです。

伊藤　以前、コミックスの問い合わせで書名、著者名などがわからず大まかな内容と絵の感じを伝えられたことがありました。

鶴岡　絵の感じ!!　凄いですね、それで辿り着けるとは。

伊藤　最初に思っていたのとは違ったのですが、いろいろ聞いていくうちに探していた本まで辿り着けました。たまたま自分も読んでいた作品だったので幸運でした。こんなことはめずらしいです。失敗は数え切れないくらいあります。タイトルや著者名がわからなくて来られる場合、よくあるのはお客様が帰られた後に思いつくパターン。その場ではなかなか思いつけないものです。後で冷静になって考えるとああもしかしてとなったり、担当者に聞いてわかったりするものです。

戸川　問い合わせに対処するノウハウをお持ちですか。

伊藤　基本的なことですが、まず少しでもいいから何かヒントになることがあるかどうか聞くことですね。後は出勤していればですが、担当者に聞くこともよくあります。自分一人の知識には限界がありますから。

鶴岡　うちの店では前日在庫、当日売上が五分ごとに更新される書誌検索のシステムがあるのでそれを使うのが基本です。ただ雑誌になると単品管理ができないので、担当の子に聞くのが実は一番早かったりします。書誌検索でヒットしない場合は、お客様からささいなことでもいいのでヒントを頂くことでしょうか。できればキーワードや、内容の一部がわかればなんとかなることも。テレビでやっていたというものであれば局に問い合わせればわかることもあったりします。でも最終的に、ジャンル担当が一番良く知っているので、だいたいのジャンルがわかれば担当に聞く、がヒット率高めです。以前、外国の雑誌をご注文のお客様がいらっしゃったのですが、うちの店では置いておらず、洋販も取り扱っていない種類のものでした。注文を受けてくれたベテランアルバイトがお客様に電話でその旨をお伝えしたときに、お客様からではどうしたら手に入るの？　と聞かれ、「その国へ行っていただければ……」と答えていたのには、不謹慎ながらちょっと笑ってしまいました（笑）。

飯窪　とにかくお客様から少しでも情報をお伺いすることです。そして、怒らせない、待たせない。

鶴岡　待たせないって、重要ですよね。探し出したのに、お客様が帰られてた日には涙が出ます。

飯窪　あるとき、お客様からこの間の月曜の朝日新聞に載った本が欲しい、と言われたことがあります。月曜ということは書評欄ではない。出版社も正確なタイトルもわからないと仰るので、最後の手段とばかり、直接朝日新聞に電話して、月曜日の新聞に載っていた書籍名を、広告も含めてすべて読み上げてもらい、電話をかけているわたしの隣におられたお客様にいちいちお伝えする、という作業を小一時間ほど続けました。

伊藤　えー、そこまでやるか！

鶴岡　本屋の鑑だ。凄いですねぇ。それで、見つかったんですか？

飯窪　お陰様で。一冊のビジネス書――もう書名は忘れてしまいましたが――のタイトルに、お客様が「それ！」と歓声を上げられて。無事判明したときには、新聞社の方、お客様と奇妙な連帯感が生まれたものです。書店員はお客様の味方です。

青野　えらいですねえ。仏様のような書店人（拍手）。

新聞・雑誌・テレビに注意――これは基本ですよ。でも、一人で世の中の何もかもを知ることなんて、ありえません。わたしも周りの人に頼りますね。同僚の守備範囲を覚えておくと役立ちます。知人や家族でもいいですが、店内ではすぐに聞けませんからね。Aさんは映画好き、Bさんは中国ものにハマっている、Cさんはロマンスものの権威、妖怪変化のことならDさん……というふうに。家でどの新聞をとっているかも、知っていると役立ちます。だけど一番大事なのは、「一所懸命に探してくれてありがとう」と、お客様に思ってもらうこと。「結局わからなくてすみません」というケースでも、気持ちよく帰っていただけますから。これは、ほんとにほんとです。

戸川　お客様と本をなかだちにしてなにかドラマチックな経験をお持ちですか？

伊藤　あったらよかったんですが、ないですね。

青野　ドラマチック？　期待するほうが間違っています

（笑）。書店の毎日は、地道そのもの。しかも大半が力仕事です。

鶴岡　ドラマチックというほどではないですが、お客様から「ポップを読んで本を買ったのだけど、面白かったわ。今までのもの、すべて外れなしよ」と仰っていただけたときは、とっても嬉しかったです。そんなことを言っていただけるなんて思ってなかったので、だいぶ前のことですが、時々思い出してはニヤリとしてしまいます。

飯窪　CDも扱っていた元勤務先に、中島みゆきの大ファンだという可愛らしいおば様がいらっしゃることがありました。本もたくさんお買い上げいただくお客様で、お話をするたび仲良くなってゆきました。店内でお話をするだけではなく、一緒にお食事に行ったり。そのうち、お客様が話してくださったのは、ご主人との悲しい悲しい別れでした。そして、お子さんがいないというその方は、わたしが退職する日に花束を持ってきて下さって、あなたはわたしの孫みたいなものなんだから頑張って頂戴というお言葉を下さいました。そのお客様とは、今も時折ご飯を食べに行ってます。

鶴岡　それはなんだか、とってもステキですねぇ。あこがれるなぁー。

戸川　一般の読者の人に、これは話しておきたい、知ってもらいたい、ということはありますか？

伊藤　書店員も大変なんだよということは、この本を読んでいただければわかると思います。本の問い合わせをする時は、できるだけはっきりした情報をお持ちくださ い。自分が知っていることは相手も必ず知っている、とは限りませんので。あと、売り場が広いからといってすべての本は置けません。在庫がないことも考慮して、この日までに欲しいというような本はお早めに仰ってください。

飯窪　書店員は、いつでもお客様の為に頑張っているということを、この本の登場人物たちから読み取っていただきたいと思います。そして、わたしたちが書店で働くのは、彼女たちのように本が好きだからということを。

鶴岡　本屋は万能ではございません!!　たとえテレビやラジオや新聞で紹介していたものでも、その時間に聞いたり見たり読んだりしていないことのほうが多いです。一日の新刊点数もたくさんありすぎて把握できません！　もちろん、お客様のお探しの本を見つけるために全力を尽くしますが、本のタイトルと、できれば出版社の名前はご記憶いただければありがたいです!!　なにとぞ！

青野　書店に並んでいる本は、売り物だということを認識してほしいです。そんなの当たり前でしょう、と言われるかもしれませんが、このごろ、ごく普通の立ち読み作法を知らないお客様が増えている気がします。三十分、一時間、ときには二時間以上も立ち読みして、そのお客様の去った後には丸く反り返った表紙、黒ずんだ小口、よれよれの帯……もう商品価値のなくなった本が残されています。ほんとに悲惨な状態。仕方なく返品します。

少し業界の知識を齧った人なら、「返品できるんだから、いいじゃない。本屋っていいよね、返品制度があって。万引きじゃないんだし、べつに損害はないでしょ」って言うかもしれません。ところが、返品の送料は書店持ち。仕入れの目が利かなくて売れ残ったのなら、まだあきらめもつきますが。発売直後、平台に並べておけば必ず売れるピカピカの新刊をキズ物にされ、売り上げがあるどころか返送料まで出さなければならないっていうことは、案外知られてないんじゃないでしょうか。

戸川　数年前に坂木司さんと一緒に鶴岡さんのお店にお邪魔したとき、たまたま棚前で坂木さんの『青空の卵』を手にとって読んでいる男性客がいました。ぼくたちは控え室で鶴岡さんたちとお話をしたり、お店のストックにサインをしたりして出てきてみると、まだ読んでいる。もう後半のページにさしかかっていました。あの人はきっと読み切って帰るに違いない、と帰りの新幹線の中で坂木さんとお話しした覚えがあります。

青野　作家の方は、自分の作品にそれだけ夢中になってもらえたらむしろ嬉しいかも（笑）。わたしたちだって、本を大事に扱ってもらえるのなら立ち読みも歓迎です。活字離れを憂えてか、店のスタイルなのか、椅子や飲み物をサービスしてまで「立ち読み、すわり読みＯＫ」の方針を打ち出している店もあるくらいですし。

鶴岡　そういえば、朝自店で見かけた立ち読みのお客様が、夕方別の本屋さんで立ち読みされてたのを見かけてびっくりしたことがありましたよ。

戸川　うーん、その人は一日じゅう、立ち読みをして過ごしてるんでしょうね。

青野　さっき飯窪さんが仰ったように、書店員て本が好きなんです。だから立ち読みしてる人に共感する部分も大いにある……。哲学書を読んでる客には甘くて、ポルノ小説の客には厳しいってわけでもありません（笑）。ただ、本好きなら、本を傷めないでほしい――その最低ラインを望んでいるだけなんです（一同深く同感）。

戸川　本を配達したご経験はありますか。あるいは、取り置き、定期購読といったことに関わるエピソードがあればお聞かせください。

伊藤　配達の経験はありません。取り置き、定期購読の置いてあるレジには週一回ぐらいしか入らないので、いつも探すのに苦労します。人の顔を覚えるのが苦手なので、やっと自分が入る時間帯に来る定期購読の方の顔を覚えたところです。

飯窪　わたしも残念ながら配達の経験はありません。が、五千円以上お買い上げのお客様には、配送サービスというのがあります。ある日、画集や文芸書、実用書（しかもフルカラーの料理書）と、総額三万円近くをお買い上げのお客様が、持って帰りますと仰られた時は、その細腕ではまず無理ですので配送させてくださいとお願いしました。ピンヒールも見事なお姉さまでしたので……。

定期購読では、途方もなく早口のお得意様がいらっしゃって、アルバイトの子が応対すると、この子じゃだめだから！　と呼び出され……数時間世間話に付き合わされるというのが週に一回の通例儀式になっていました。職場の仲間には、ご指名だよ〜とからかわれていましたが。

鶴岡　わたしの勤めている店では定期購読・配達サービスを承っていません。取り置きに関するエピソードといえば、以前雑誌数冊を取り置き、さらに何冊かを取り寄せられたお客様がいらっしゃったのですが、お年を召された方のようで、取り置き期限の十日目頃になると電話があり、「風邪をひいたので、来週まで置いておいてもらえませんか？」また十日ほどすると、「足を悪くしたので、来週までとって置いて」さらに、「雨が降っていて行けないので、ごめん」そしてまた十日して、「寒くなってきて行けないので、来週まで置いておいて」ということで、結局半年ほどお取り置きを継続されたお客様がいらっしゃいました……。最終的に代引き発送という形で承ったのですが、半年は当店の取り置き期間の最長記録です。今度はどんな理由でいらっしゃらないのだろうと、ちょっと電話が楽しみになったくらいです。

青野　うちの店では配達はほとんど外商部の仕事です。ご近所のみ、店長を含む三名の男性店員がお届けしています。現在担当している文庫売り場から駆り出されることはありません。ただ、以前医学書担当だった頃は、「わたくし、店売員ですから」なんて、のんきなことは言っていられませんでした。製薬会社の出張所から電話がかかってくるんです。「○○（病名）に関する本が至急欲しいんですが」「本は何点かありますが、そちら様への配達は毎週水曜日ですよね。きょうは木曜日……配達員は別の区域を回っておりまして……」「どうしてもきょう必要なんです。あの、こちらから取りに行きますから」女性事務員の方が来てくださる場合もあり、事情によってはこちらから届けることも。なぜ急いでいるのか？　製薬会社の営業が、医師に頼まれるのです。「もうすぐ学会があるので、読んでおきたいんだよ」は、まだいいほう。「近日、手術で執刀を――」

鶴岡　あはははは。それはちょっと怖いですねぇ。

青野　わたしも他人事ながら心配になりました。ほかにも病院からの催促はしょっちゅうでしたし、外商さんを脅したり宥めたり同情したりしながら、配達の下拵え的な作業をしていたあの時期に、一生分の「すみません」と「なんとかいたします」を口にしたような気がします（笑）。取り置き依頼があると、レジに預けます。売場の者が直接お客様に渡すケースは少ないですね。ワニ文庫に「妻たちの性の記録」というシリーズがあります。おひとり定期購読者がいらして、支店には新刊配本がないため、ずっと新しい巻が出るたび本店から移送していました。昨年その支店がなくなってからは、その方は本店にいらっしゃるようになりました。そろそろ次の巻が出る頃かなと思うと、電話がかかってきます。入荷予定日を告げると、すごく嬉しそうです。声の感じでご年輩の方かと思うのですが、未だにお顔を見たことはありません。なんとなく「ガンバレ」って思っています。なにを頑張るのかわかりませんが（笑）。

戸川　これも友人の書店人から聞いた話ですが、ヌード写真集を買いに来る年輩のお客さんがいるのだそうです。その人はこれと思った写真集だと必ずビニールを開けさせて中を点検してから、気に入ったものを買っていく。そのときに、平然と写真はこうでなければいけない、これはカメラもモデルも中途半端だ、と評価を下す。こういうものでなければ、わたしは買わないのだ、と。

鶴岡　プロですねぇ。

戸川　でも、「六冊目〜」の中に出てくるお客さんの話は、ちょっとぐっときますね。ところで、版元の営業の方、あるいは取次の人との、なにかエピソードはありますか。

伊藤　以前、講談社の小冊子に一言コメントが載ったときに、新風舎の営業の方から電話をもらって、いきなり見ましたよ！　と言われて驚きました。その小冊子自体まだ店には届いてなくて、翌日わくわくしながら出社したことをおぼえてます。

飯窪　東京創元社の営業の方のご好意で、憧れの作家とお会いするチャンスを頂いたのが最高にして最大の幸せでしたっ!!

鶴岡　ああ!!　たしかに！　島田荘司さんのサインをいただいたときには天にも昇る気持ちでした。一瞬お花畑も見えました。

飯窪　取次の方には……痛い話しかありません。二月十四日のバレンタインに必ずチョコを女子社員からあげていたのですが、嫁にももらえないんですと言って本当に嬉しそうに受け取ってくださった営業の人のことは未だに忘れられません。

鶴岡　ミステリ好きの版元の方とお知り合いになる機会があって、話がはずんでいたのですが、クリスティーを全部は読んでいないというお話をしましたら、全巻持っていて置き場所に困っているというので、すべていただいたことがありました。二年ほどたっても、まだ読みきれていません……。今も時々来店されているので、機会があるときにはお茶しに行ったりしてるのですが、やっぱり最近のミステリの話しかしていません。そもそも文庫を出されてない版元で、仕事の話はしないので、これでいいのかしらと思ったりもします。

青野　たいていの営業の方は、人間ができているというか、社会人としても商売人としてもこちらより上だと感じています。書店員は本支店間の人事異動くらいはありますけれど、基本的には他県知らず、他店知らずの小さな世界の住人です。それに比べて版元の営業の方は、坪数や客層のまったく違う全国の書店に自社の本を売り込まなければならないわけですから、「あ〜その本、ぜんぜん動かないんですよ」とか、「春のフェア？　その時期、高校新入生向けの春休み課題図書を並べなくっちゃいけないんで、平台のスペースとれないんです。夏？　夏は夏休みの課題図書が――」なんていう、失礼かつ、ふてぶてしい店員に対しても、「そうですかあ、いやいやいや、ご無理はいけませんからねえ。いけませんから、どうでしょう、こっちの小さなセット。これなら場所もそんなに取りませんし、ためしにやってみていただけませんか」と、それなりに戦績をあげて、笑顔で去っていくのは、見事と言うしかありません。お帰りになった後で、「あーあ、せっかく遠くから来てくれた方に、なんでもっとやさしくできないのかなあ」と自己嫌悪に陥ったりします。

鶴岡　忙しいとどうしてもおざなりな応対をしてしまいがちですからねぇ!!

青野　唯一の例外は、社長プラス営業マンの凄い取り合わせに出会ったとき。人に好感を与えるハウツーものや、ビジネス書を出している版元ですが、何かの会合のついでに立ち寄ったという感じで、せかせかと店内を歩き、挨拶もそこそこに「うちの本をもっと置け」といった口調のセールスを社長が開始して、こちらにも都合がありますから、というニュアンスを込めてやんわり断ろうとすると、「うちの社長のお言葉に逆らうなんてぇっ」と顔に書いた営業マンが必死にプッシュ。自社の棚を広げろということなのですが、〝お店のために〟でなく、〝社長のご機嫌を損ねないように〟という理由でそれを進めようとする営業の人を初めて見ました。その後来られる女性は、にこやかで感じの良い方なのに。あな恐ろしや。

鶴岡　そんな版元もあるんですね。

戸川　その社長とは面識があるので……、むむむ。では、お客様に何かオススメは、と聞かれたときの応対についてお聞かせください。

飯窪　七十歳くらいのおばあさんがカウンターにいらっしゃって、ゲームの攻略本を数冊並べると、どれが一番いいかしら？　と聞かれたときは、コミック担当としてのプライドにかけて一冊を選び出した記憶があります。個人的にお薦めしている本には、一冊ずつ帯を作ってかけていたのですが。

鶴岡　一冊ずつ帯ですか！　見習わなくちゃ！

飯窪　それを見たお客様が、これを書いた人に、他にお薦めの本がないか聞きたいと言われ、嬉々として少々マイナーではありますが、『オルガニスト』（新潮文庫）と古処誠二先生の作品をお薦めしました。

鶴岡　わたしはお客様の好きな作家、もしくは好きなジャンルをお伺いしています。そこから似たような作風の方を探したり、そのジャンルで面白いと思ったものをお渡ししています。また、入院されている方のための本であればパズル誌や、読み物がいいということなら浅田次郎といった、定番の本をおススメしています。まったくわからないジャンルのものであれば、とりあえず一番売れているものをお渡しすることになります。

青野　わたしもまずこちらからいろいろ質問しますね。

小説が良いか、エッセイか。それとも、硬派のノンフィクション？　小説なら、時代もの？　推理もの？　殺人事件があっても暴力的なのはダメとか。ちょっぴりユーモアもあって、最後は犯人がちゃんと捕まって解決されるのがいいとか。それでまず一冊おすすめして、ほかにこれと、これも……と、お渡しします。助言はするけど、一点だけを押しつけない――「いくつかの候補の中から、わたしがこれを選んだのよ」という気持ちで、お客様に買っていただくようにしています。

戸川　それは大事なことですね。

青野　あるとき、中年の女性客に、「病院へ持っていくのに、どんな本が良いかしらね」と声を掛けられました。「お見舞いですか」と尋ねると、「そうなの。でもねえ、その人、もう長くないらしいの。そういう人に、何持っていけばいいと思う？」

鶴岡　そ、それは……うーん。悩みますね。

飯窪　難しいですね……。

青野　人生論とか、お経の本では、かえって気が滅入るかもしれないし、だからといってお笑いエッセイというのも……。二人で悩んだあげく、「綺麗なものを見ていただきましょう」「そうね、心が安まるものね」って、花のカラー写真がいっぱい載っている、病人が手にしても重くない、薄い雑誌を数冊お包みすることにしました。あのときの、お客様のホッとした顔が印象に残っています。受け取った方は、少しでも慰められたでしょうか。

今の自分に、もう花の美しさなんて――と思いはしなかったかなあって、時折ふっと気になります。

伊藤　「六冊目のメッセージ」じゃないですか。わたしの場合は、自分の専門以外は、担当に聞く、もしくは平積みや面陳されているものを薦めます。あまり自分の好みを押しつけたくないので、ベストセラーや売れ筋を薦めることが多いですね。

戸川　出版社などが主催する拡販コンクールなどに出られたことはありますか。

伊藤　自分はあまり得意ではないのであまりやりません、ポップを書く程度です。雑誌担当はそういうことが得意で、吊し看板などをよく作っています。今度雑誌に掲載されるんですよ。

鶴岡　小学館の新刊企画案内は、店長のシフトとあわず、代理で出席することが多いのですが、毎回ケーキが出るので大変楽しみにしています。そして実はお土産がドラえもんグッズで大変豪華なんですよ。アルバイトにドラえもん好きがいるので、とっても喜んでます。講談社のイベントでは作家の方もいらっしゃっていて、一言メッセージをといわれたのですが、実はその方の本を読んでいなかったので、大変困った記憶があります……。宝島社のイベントは立食パーティーで、なんだかちょっとリッチな気分になりました。『四日間の奇蹟』の拡販イベントだったので、重要なアイテムであるピアノの演奏もされていて、マダム気分でした（笑）。

青野　羨ましい。ケーキと言えば、某大手出版社の拡販研修会に出席したときのことです。詳細な資料に煌びやかなパンフレット、タレントの誰某を起用して、いついつより宣伝開始――と熱弁を振るう、やり手風の社員。出席者全員に紅茶とケーキが出されていました。時折喉を潤す人がカップを置く音がするくらいで、皆さん静まりかえって耳を傾けてました。わたしももちろんおとなしく拝聴していましたが、正直言ってその日の研修内容をまったく思い出せません。あんなに連呼されていた商品名はなんだったのか、発売後にうちの店でどれだけ売れたのか、霧の彼方です（笑）。敗因は、まさにケーキ。「食べちゃだめかしら。一人だけ食べたら目立つわよね。でも、出された以上、これはわたしのものじゃない？　食べていけないことはないはずよ……」って。

鶴岡　ああ、そりゃもったいない。

青野　スプーンを握った時点で、優良販売員の群れから落ちこぼれてしまいました（笑）。

飯窪　わたしは特にはありません。雑誌にお薦め本の紹介を頼まれたことと、ＴＢＳのラジオで『ボーイズ・ビー』を紹介したことくらいです。

戸川　地元の作家の方との交流やこぼれ話などございますか？

伊藤　詩集を出していらっしゃる地元の方がきて、平積みで置いていただけませんかと言われたことがあります。担当に話をまわし無事平台に場所をもらえました。その後も何回かお見えになりポップのことなど聞かれたりしました。ご家族と思われる方にもお買い上げいただき、お願いしますね、と言われました。とある作家に同じチェーン店の○○店と比べて新刊が並ぶのが遅い、新しいカバーに変えた自分の本が置いてないとお叱りを受けたことがあります。新刊はもともとそのお店よりも入荷する日が遅かったので仕方なかったのですが、新カバーの本は慌てて注文しました。まだ平積みしてあります。こうなるとトラウマです。

鶴岡　わたしも、地元作家の方や、本人のお母様がいらっしゃって、なぜ本が置いてないの！　と言われたことが何回か……。なるべく地元作家のものは置いておきたいとは思うものの、スペース的にも厳しかったり、地元の方だとわからなかったり……。なかなか難しいです。

青野　郷土の本のコーナーは、店長が担当していて、著者や地元出版社の方との交流があるかもしれませんが、わたしは文庫売場担当なので、ほとんどありません。昨年、市内の他書店の店員さんが新人作家として文庫デビューを果たし、地方紙やテレビでも紹介されました。それを見たお客様からお問い合わせを多くいただいたのですが、何回注文しても本が入ってきません。

鶴岡　ジャンルによってはあまり注文が活かされない本ってありますよねー。十冊頼んで一冊とか……。少ないよッ。

青野　ご当人の勤務先の書店には、たくさん並んでいたとのこと。それは当然でしょうが、うちの店だって品物さえあれば平積みしてあげたのになぁ、と残念でした。逆に知り合いの方が、自分史などを書いて出版されると、人生の大先輩といった年齢の方を相手に、売る側としての直言はしにくくて、内心うろたえながら「ここはおつきあいで一冊……」買うという前に、「進呈します」と手渡され、ますます冷や汗、といったことも。

伊藤　その気持ち、わかりますね。

青野　地元の県立高校では毎年春、新入生に郷土出身作家の本を読むようすすめていて、その時期に合わせてこちらも文庫化作品を仕入れます。昨年は、その高校をモデルに書かれた『がんばっていきまっしょい』がテレビドラマ化され、長らく品切れだった単行本（マガジンハウス）が文庫（幻冬舎）になったおかげで、生徒以外のたくさんの方が買ってくださいました。著者の敷村さんもお見えになったのですが、これなどは〝交流〟というより普通の営業活動と言うべきでしょうね。それでいい。作家と書店の関係は、限りなく無に近い、淡いのが理想――と思っています。知らずにいるほうが、作品自体を愛したり、認めたり、売る気になったりするものです。

飯窪　わたしの勤めていた店では、作家の方とのお付き合いというのは、特にありませんでしたね。

戸川　では最後に、この作品集にふさわしいタイトルを考えてみてください。

鶴岡　「名探偵本屋さん」――『暴れん坊本屋さん』というコミックが面白かったので……。

伊藤　本屋という単語は入れたほうがいいと思いましたが、いいものを思いつきません。あえて入れずに、帯に「本屋の謎は本屋が解かなきゃ」と入れたほうがしっくりくるかもしれませんね。

飯窪　「一冊の贈り物」「ＰＯＰ在中」「本屋の店員事件帖」――センスがなくて申し訳ないです。

青野　「駅ビル六階　成風堂日誌」では、何のお店だかわかりませんね。「駅ビル六階　書店・成風堂日誌―その一―」これだと古風で、古本屋さんみたいかな。店主のおじさんが謎を解くのかと思われそうですね。でも、この「その一」だけは絶対付けてくださいね。好評につきシリーズ化決定、なんです（笑）。ミステリファン――特に女性ファンは、シリーズものが好きです。単発作品よりも、きっと受けるはず。「その二は、いつ出るの？」って聞かれますよ。短編のどれかをとるんだったら、「配達あかずきん」。「六冊目のメッセージ」は、いかにも東京創元社の本のタイトルという感じで、普通すぎます。新刊広告が出たときに、軽く読者の目を通り過ぎてしまってはもったいない。その点、「配達あかずきん」は秀逸です。この一編を読んだとき、「ヒロちゃん」と「あかずきん」が、イメージとしてラストでぴったり重なりました。うまい、えらい、座布団十枚ッ、です。で、「―成風堂日誌・その一―配達あかずきん」に、着地。

戸川　恐れ入りました。

ミステリ・フロンティア
配達あかずきん――成風堂書店事件メモ――

2006年5月25日　初版

著者：大崎梢（おおさきこずえ）

発行者：長谷川晋一

発行所：株式会社東京創元社

〒162-0814　東京都新宿区新小川町1-5

電話：(03)3268-8231(代)

振替：00160-9-1565

URL　http://www.tsogen.co.jp

Art Direction & Design：岩郷重力+WONDER WORKZ。

Cover Photo：©WONDER WORKZ。

印刷：モリモト印刷

製本：鈴木製本所

乱丁・落丁本は、ご面倒ですが小社までご送付ください。
送料小社負担にてお取替えいたします。

 ISBN4-488-01726-6　C0093